Deseo™

Noches apasionadas

KATHIE DENOSKY

HARLEQUIN™

Editado por HARLEQUIN IBÉRICA, S.A.
Núñez de Balboa, 56
28001 Madrid

NOCHES APASIONADAS, N.º 1941 - 2.10.13
Título original: A Baby Between Friends
Publicada originalmente por Harlequin Enterprises, Ltd.

I.S.B.N.: 978-84-687-3610-5
Depósito legal: M-21476-2013
Editor responsable: Luis Pugni
Fotomecánica: M.T. Color & Diseño, S.L. Las Rozas (Madrid)
Impresión en Black print CPI (Barcelona)
Fecha impresion para Argentina: 7.4.14
Distribuidor exclusivo para España: LOGISTA
Distribuidor para México: CODIPLYRSA
Distribuidores para Argentina: interior, BERTRAN, S.A.C. Vélez Sársfield, 1950. Cap. Fed./ Buenos Aires y Gran Buenos Aires, VACCARO SÁNCHEZ y Cía, S.A.

Capítulo Uno

Ryder McClain miró furioso a los cinco hombres que le sonreían como un puñado de idiotas. Después de diez años juntos en el rancho Última Oportunidad, un hogar para chicos a los que el sistema de acogimiento de menores consideraba causas perdidas, los quería a todos, pero en aquel momento le habría causado mucha satisfacción ponerles las manos en el cuello y apretar.

–Solo lo voy a decir una vez más y luego espero que dejéis el tema –dijo entre dientes–. He traído a Summer Patterson a la fiesta porque es una amiga que no tenía otros planes. Punto. No hay nada entre nosotros.

–Claro, si tú lo dices, hermano –la expresión escéptica de Jaron Lambert indicaba que no creía ni una palabra de lo que acababa de oír–. Y seguro que también crees todavía en el Ratoncito Pérez, ¿verdad?

–Te apuesto cien contra uno a que la chica en cuestión tiene otras ideas –intervino Lane Donaldson balanceándose sobre los talones de sus botas de piel de cocodrilo hechas a mano.

Lane era un experto jugador de póquer que utilizaba su licenciatura en Psicología para leer en la mente de las personas como en un libro abierto. Aunque en ese caso era obvio que leía el capítulo equivocado.

–Sí. Yo diría que te ha separado del rebaño y te está tomando las medidas para colocarte la silla –añadió Sam Rafferty riendo.

Sam era el único casado de los hermanos adoptivos y su esposa, Bria, y él daban aquella fiesta para celebrar la renovación de sus votos matrimoniales y el embarazo de Bria.

–Más vale que lo aceptes, Ryder. Tus días de soltero están contados.

–Tú lo que quieres es que uno de nosotros te haga compañía en el montón de los atrapados –Ryder respiró frustrado–. Pero por lo que a Summer y a mí respecta, eso no va a pasar… ni ahora ni en el futuro. Ninguno de los dos tenemos la más mínima intención de ser otra cosa que buenos amigos. Fin de la historia.

T. J. Malloy detuvo la botella de cerveza a medio camino de la boca.

–Ryder, ¿acaso te golpeó un toro en la cabeza en el último rodeo? Eso explicaría que no veas lo que tienes claramente delante de los ojos.

–Bueno, esto me facilita mucho las cosas –Nate Rafferty sonrió y se giró hacia la pista de baile, donde Summer charlaba con Bria y su hermana Mariah–. Si a ti no te interesa, la voy a sacar a bailar.

Ryder sabía que su hermano lo estaba pinchando, pero bajó la mano con fuerza sobre el hombro de Nate.

–Ni se te ocurra, Romeo.

–Oh, o sea que sí la quieres para ti –comentó Lane.

–No –Ryder apretaba la mandíbula con fuerza–. Pero Summer no necesita el dolor de cabeza que supone Nate.

Tenía una gran opinión de su hermano adoptivo, pero la filosofía de Nate de amar a las mujeres y abandonarlas había dejado un rastro de corazones rotos por todo el suroeste.

–No te ofendas, Nate, pero tú eres lo último que necesita.

–Ahí te ha pillado, Nate –comentó Sam.

Nate y él eran los dos únicos del grupo que eran hermanos de sangre, pero no podrían haber sido más diferentes. Sam jamás había poseído la vena salvaje que tenía su hermano menor.

Nate se encogió de hombros.

–Yo no puedo evitar amar a las mujeres.

–Tu interés por las mujeres tiene algo de patológico –comentó Ryder–. Deja en paz a esta y todo irá bien. Si cruzas esa raya, vamos a tener problemas.

Optó por ignorar las miradas de suficiencia que intercambió el grupo y se alejó para no ceder a la tentación de pegarles. Para empezar, no quería arruinar la fiesta de Sam y Bria con una pelea y, además, procuraba no pegar nunca a nadie sin ningún motivo. Lo había hecho una vez cuando era adolescente y las consecuencias casi le habían arruinado la vida. No pensaba volver a correr ese riesgo.

–¿Ryder?

Volvió la cabeza en dirección a la voz y miró a Summer. Esta, una hermosa rubia de ojos azules, y él habían sido muy buenos amigos los últimos años. Aunque Ryder pensaba que cualquier hombre sería afortunado de poder considerarla su mujer, procuraba evitar pensar en ella de otro modo que como amiga. Si hubiera algo más entre ellos, se sentiría obligado a decirle la razón por la que había terminado en el rancho Última Oportunidad. Eso era algo que no quería contar a nadie y la causa de que no hubiera tenido una relación seria con ninguna mujer. Algunas cosas estaban mejor enterradas en el pasado. Además, no quería correr el riesgo de perder la agradable amistad que habían entablado teniendo una aventura romántica con ella. Y sospechaba que a Summer le ocurría lo mismo.

–¿Te pasa algo? –preguntó ella, con expresión preocupada.

Ryder negó con la cabeza y sonrió a la joven bajita.

–No, solo que me he cansado de oír las tonterías de mis hermanos.

Ella sonrió.

–Tienes suerte. Al menos tú tienes hermanos que te irriten. Yo nunca he tenido ese problema.

Ryder se sintió inmediatamente culpable. Aunque sus hermanos adoptivos podían ser muy pesados, no tenía dudas de que podía contar con ellos para todo, igual que ellos con él. No pasaba ni un día en el que no diera gracias a Dios por tenerlos en su vida.

Pero Summer nunca había tenido nada igual. Había sido hija única de una pareja mayor que se había matado en una avioneta cuando ella estaba en el segundo año de universidad. La muerte de sus padres la había dejado sin familia.

–Sí, a veces pueden ser muy pesados –Ryder sonrió–, pero supongo que después de tantos años, no tengo más remedio que seguir aguantándolos.

Ella se echó a reír.

–Buena idea. Pero en serio, tu familia es fantástica. Conozco a algunos de tus hermanos de haberlos visto competir en los rodeos en los que hemos trabajado, pero no conocía a la mujer de Sam ni a su hermana. Son muy simpáticas y me parece fantástico que os hayáis mantenido unidos a lo largo de los años.

–¿Has tenido ocasión de bailar? –preguntó Ryder.

–Todavía no –ella miró la pista de baile que Sam había hecho construir a sus vaqueros en uno de los graneros.

–Me pareció que el capataz de Sam te sacaba antes.

–Supongo que ha sido muy amable –ella se encogió de hombros–, pero en ese momento no me apetecía bailar.

–Pues si no te importa un vaquero torpe con el peor sentido del ritmo a este lado del Mississippi, para mí sería un honor girar contigo al son de la música.

Summer sonrió.

–Creía que todos los vaqueros de Texas se enorgullecían de bailar bien.

–Yo no –Ryder movió la cabeza cuando la banda empezó a tocar una pieza lenta–. No sé moverme.

–En eso no estoy de acuerdo –murmuró ella. Apoyó las manos en los brazos de él, que la había tomado por la cintura–. Te he visto moverte con un toro de mil kilos y te mueves bien.

–Porque es mi trabajo –él intentó no prestar atención al modo en que sus manos suaves le calentaban la piel a través de la tela de la camisa–. Si no hago que esos toros bailen conmigo, pisotearán al vaquero que los monta.

–¿Tú no estudiaste para dirigir un rancho? –preguntó ella–. Sería más normal que te quedaras en casa dirigiendo tu rancho en lugar de viajar por el país midiéndote con esos toros gigantes.

–Sí, me gradué en la Universidad de Texas –contestó él–, pero tengo un capataz muy bueno y le pago muy bien para que me informe varias veces al día. Le digo lo que quiero hacer y él se encarga de que se haga. Eso me da libertad para estar en los rodeos salvando a montadores de toros pirados como Nate y Jaron.

–En otras palabras, te gusta ser un héroe.

Él rio. Negó con la cabeza.

–No. Estoy en esto por la adrenalina –era una explicación más fácil que admitir que siempre se había sentido impulsado a proteger a otros aun a riesgo de ponerse en peligro él.

Cuando terminó la canción, salieron de la pista

y Ryder instaló a Summer en una mesa y fue a buscar bebidas. De camino a la barra, frunció el ceño. Todavía le cosquilleaban los brazos donde ella había apoyado las manos y no conseguía saber por qué. ¿Se debía a que sus hermanos le habían metido ideas en la cabeza en relación con Summer?

Alzó la vista y vio que sus hermanos lo miraban interesados. Todos mostraban la misma sonrisa. Sintió ganas de darles un puñetazo en el estómago.

Agradecía profundamente que su padre adoptivo hubiera inculcado un fuerte sentido de familia entre los chicos que ayudaba a guiar en los difíciles años de la adolescencia. Como Hank Calvert les decía siempre, cuando fueran adultos agradecerían contar con los demás, puesto que ninguno de ellos tenía familia propia. Y eso era lo que sentía Ryder... la mayoría del tiempo. Pero había otras veces, como aquella, en la que sus hermanos podían ser unos pelmas.

Summer observaba con aire ausente a los bailarines, que formaban un par de filas paralelas y empezaban a moverse al unísono al son de una canción alegre. Estaba disfrutando. Normalmente rechazaba las invitaciones de los hombres con los que trabajaba, pero Ryder era diferente. Habían sido amigos desde que ella aceptara el trabajo de directora de relaciones públicas para el circuito suroeste de la Asociación de Rodeos, y por razones que no podía explicar, confiaba en él.

Por supuesto, eso probablemente tuviera que ver con el modo en que él había cortado a algunos de sus compañeros de trabajo más agresivos cuando ella había empezado a trabajar para la Asociación de Rodeos. Desde el primer momento, Ryder se había esforzado por recordarles a todos que ella era una señorita y debía ser tratada como tal. A ella siempre le había mostrado un gran respeto y no habían tardado mucho en desarrollar una relación cómoda y fácil. Y ni una sola vez había dado muestras de querer algo más de ella que amistad.

–¿Te importa que me siente contigo, Summer? –preguntó Bria Rafferty detrás de ella–. Después del último baile, necesito recuperar el aliento.

Summer se volvió a sonreír a la mujer morena.

–Por favor, siéntate –miró a su alrededor–. ¿Dónde está el resto del clan?

–Sam, Nate, T. J. y Lane están debatiendo las diferencias entre las distintas razas de toros y cuál es más difícil montar –Bria rio y señaló el lado opuesto del granero–. Y Mariah y Jaron están otra vez discutiendo si voy a tener un niño o una niña.

–¿Qué os gustaría que fuera a Sam y a ti? –preguntó Summer.

–Me da igual siempre que el bebé esté sano –Bria se llevó una mano al estómago, todavía plano.

–¿Y a tu esposo?

–Sam dice que le da igual, pero creo que le gustaría que fuera un chico.

–¿No es eso lo que quiere la mayoría de los hombres? –Summer sonrió.

–Creo que es porque quieren un hijo con el que hacer cosas aparte de que transmita su apellido –repuso Bria.

–¿Cuándo esperas el niño? –preguntó Summer.

–A comienzos de primavera.

–Dentro de poco sabrás si es niño o niña –comentó Summer.

–Sam y yo hemos decidido que no queremos saberlo –Bria rio–. Pero cuanto más se acerca el día de la ecografía, más creo que Sam cambiará de idea.

–¿Por qué lo dices?

–No deja de preguntarme si intuyo que va a ser niño –Bria alzó los ojos al cielo–. ¡Como si yo pudiera saberlo!

–¿Quieres que vaya a buscarte algo de beber, Bria? –preguntó Ryder, que acababa de llegar a la mesa.

Entregó un vaso de limonada a Summer y dejó una botella de cerveza en la mesa para él.

–Gracias, pero creo que voy a ver si Sam está preparado para cortar esa tarta gigante que insistió en encargar –Bria se levantó.

Summer miró la enorme tarta de cuatro pisos colocada en el centro de la mesa de los refrescos.

–Espero que tengas sitio en el congelador –comentó Ryder. Se sentó al lado de Summer–. Yo diría que os va a sobrar la mitad.

–No tendré que hacer tartas de cumpleaños para ninguno de vosotros hasta el año que viene. Solo tendré que descongelar un trozo de esta y ponerle una vela.

–Nos hace la cena y una tarta de cumpleaños a todos –explicó Ryder cuando Bria se alejaba en dirección a su esposo.

–Creo que es fantástico que estéis tan unidos –musitó Summer–. ¿Tu padre adoptivo tomaba parte en vuestras celebraciones antes de morir? –preguntó con curiosidad.

–Bria incluía siempre a su hermana Mariah y a Hank en todas nuestras reuniones. Para Bria la familia lo es todo, y nosotros se lo agradecemos mucho. Nos ayuda a estar unidos.

Summer lo miró por el rabillo del ojo. Admiraba a sus hermanos y a él por el cambio que habían dado a sus vidas y el vínculo fuerte que habían forjado. Se habían conocido debido a una juventud problemática, pero con la ayuda de un hombre muy especial, habían aprendido a olvidar el pasado y seguir adelante. Con dedicación y trabajo duro, los seis se habían convertido en hombres de éxito y en el proceso habían permanecido tan unidos como si fueran hermanos biológicos.

Cuando Bria y Sam cortaron la tarta, Ryder se puso en pie.

–Voy a buscar trozos de pastel y luego, si quieres, bailamos más antes de que te lleve al hotel.

–Me parece un buen plan –asintió ella.

Una hora más tarde, después de haber felicitado de nuevo a los Rafferty, Summer subió con Ryder al todoterreno.

–¿Tienes frío? –preguntó él–. Puedo poner la calefacción.

–No, estoy bien. Pero gracias por preguntar –había algo de frescor en el aire, que anunciaba que había llegado el otoño, pero no hacía frío.

–Espero que te hayas divertido –Ryder puso el motor en marcha y enfiló el vehículo hacia la carretera principal.

–Lo he pasado muy bien –le aseguró ella con una sonrisa–. Gracias por haberme invitado a acompañarte.

Ryder entró en la autopista y puso la radio en una emisora popular country.

–Tendrás que volver a alguno de nuestros cumpleaños.

–Me gustaría –repuso ella. Y hablaba en serio.

Guardaron un silencio cómodo y, mientras él conducía, Summer observaba su perfil. Con el cabello castaño oscuro, los ojos verdes y la sonrisa fácil, resultaba indudablemente guapo. Y si eso se combinaba con una impresionante figura y una personalidad relajada, no había duda de que Ryder McClain era el tipo de hombre con el que fantaseaban muchas mujeres. Sus hombros anchos y pecho grande serían el lugar ideal para que una mujer apoyara la cabeza cuando el mundo le ofrecía más desafíos de los que creía poder controlar. Y la fuerza latente de sus brazos musculosos la mantendría a salvo de cualquier daño.

–Summer, ¿estás bien? –preguntó él.

Ella asintió, algo avergonzada.

–Estaba pensando en la fiesta –mintió; no sabía cómo empezar la conversación que tenía en mente.

Era algo a lo que había dado muchas vueltas en la cabeza y sabía que había llegado el momento. En realidad, por eso había aceptado ir a la fiesta con él, para tener ocasión de hablar a solas antes del próximo rodeo.

–No recuerdo ninguna reunión nuestra en la que no nos hayamos divertido –comentó él con una sonrisa.

–¿Incluso cuando tus hermanos te irritan como esta noche?

Él se echó a reír.

–Sí, incluso cuando nos metemos unos con otros, también disfrutamos estando juntos.

–Por lo que has dicho antes, parece que esta noche te ha tocado que se metieran contigo –comentó Summer.

Creía saber el motivo de las burlas. Debido a las exigencias de los trabajos de ambos, Ryder y ella habían sido vistos pocas veces juntos fuera de los rodeos. Era natural que sus hermanos hicieran especulaciones sobre su relación.

Ryder se encogió de hombros.

–Mientras se meten conmigo, se dejan en paz entre ellos. Hace unos meses le dábamos la lata a Sam por lo terco y orgulloso que podía llegar a ser. Eso fue cuando Bria y él tuvieron un bache en el matrimonio.

–¿Siempre sabéis tantas cosas unos de otros?

–Es difícil ocultar cosas a personas que te conocen mejor de lo que a veces te conoces tú mismo –admitió él–. ¿Por qué lo preguntas?

Ella había esperado intencionadamente a que estuvieran solos en el vehículo y hubiera oscurecido, para no tener que mirarlo a los ojos. Pero había llegado el momento de presentar el caso y pedir ayuda.

–Últimamente he pensado mucho... –empezó a decir; y se arrepintió de no haber ensayado antes aquel discurso–. Aunque nunca he tenido hermanos, echo de menos formar parte de una familia.

–Lo sé –él le cubrió una mano con la suya–. Estoy seguro de que un día encontrarás a alguien y echarás raíces y entonces no solo formarás parte de la familia de él sino que tendrás una propia.

–Eso no va a pasar –ella negó con la cabeza–. No tengo ningún interés en casarme ni en tener un hombre en mi vida, excepto como amigo.

Ryder parecía sorprendido por el tono de seguridad de ella. Nunca habían hablado de lo que podía depararles el futuro y sin duda él no se esperaba aquello. Se esforzó por resultar menos vehemente.

–Voy a elegir otra ruta para conseguir la familia que quiero –continuó–. En estos días es bastante común que una mujer elija ser madre soltera.

–Bueno, hay muchos chicos de todas las edades que necesitan un buen hogar –asintió él–. Una mujer sola que quiera adoptar un niño no tiene tantas trabas como antes.

–Yo no hablo de adoptar un niño –respondió Summer con la vista fija en el parabrisas–. Al menos todavía. Si puedo, quiero conocer todos los aspectos de la maternidad, incluido el embarazo.

–Hasta donde yo sé, quedarse embarazada es un poco difícil sin la contribución de un hombre –replicó él.

–Tendría que participar un hombre… hasta cierto punto –se acercaban rápidamente al momento de la verdad–. Pero hay otros modos de quedarse embarazada aparte del sexo.

–¡Oh!, ¿vas a ir a un banco de esperma? –él no se mostraba crítico y ella decidió que eso era buena señal.

–No –dijo–. Prefiero conocer al padre de mi hijo como algo más que como un número en un vial y una serie de características físicas.

Ryder parecía confuso.

–¿Y cómo vas a hacer que ocurra eso si no quieres esperar a conocer a alguien y no quieres ir a un banco de esperma?

A ella se le aceleró el pulso.

–Tengo un donante en mente.

–Bueno, supongo que si él está de acuerdo, eso podría funcionar –comentó él pensativo–. ¿Es alguien que yo conozca?

–Sí –ella hizo una pausa para reunir valor–. Quiero que tú seas el padre de mi hijo.

Capítulo Dos

Ryder solo podía recordar un par de veces en sus treinta y tres años en las que se hubiera quedado sin palabras. Y esa era la tercera. La petición de Summer lo había dejado atónito.

Para evitar un accidente, se acercó al lateral de la carretera y paró el vehículo. Se volvió a mirar a la mujer sentada a su lado y el corazón empezó a latirle con fuerza. Summer no bromeaba. Hablaba en serio y esperaba que él le dijera que sería el padre de su hijo.

–Sé que esto te ha pillado por sorpresa –comentó ella, retorciéndose las manos en el regazo–. Seguro que no te lo esperabas.

–En eso tienes razón –repuso él.

Respiró hondo e intentó pensar cómo proceder en esa situación. Sabía que debería hacer algunas preguntas, pero no estaba seguro de qué quería saber primero. ¿Por qué ella pensaba que no encontraría un día al hombre apropiado y cambiaría de idea en lo de casarse y tener la familia que quería? ¿Por qué había decidido que él era el hombre que quería que la ayudara? ¿Y cómo pensaba convencerlo de que aceptara un plan tan disparatado?

–Tendremos que hablar de esto –anunció, pues

necesitaba tiempo para pensar–. Pasaremos por el hotel a recoger tus cosas y te vienes al Cañón Azul conmigo.

–No, creo que es mejor que me quede en el hotel y no en tu rancho –replicó ella–. Podría parecer que estamos…

–¿En serio? –él respiró hondo–. ¿Te preocupa lo que pueda pensar la gente pero quieres que te deje embarazada?

–Eso no es lo que te pido –ella negó con la cabeza–. No quiero que me dejes embarazada tú, quiero que hagas una donación de semen en una clínica.

Ryder lanzó un gruñido.

–¿Y dónde está la diferencia? El resultado final sería que tú estarías embarazada y yo sería el padre.

–¡Oh!, yo no espero que mantengas al bebé ni ayudes a criarlo –insistió ella–. Mis padres me dejaron suficiente dinero para que podamos vivir de sobra el bebé y yo.

A Ryder le costó mucho reprimir una palabra que ella probablemente encontraría muy ofensiva. ¿Acaso no lo conocía en absoluto? ¿Quería que la ayudara a hacer un bebé y después desapareciera como si no hubiera pasado nada?

–Summer, terminaremos esta conversación en mi rancho –respondió con firmeza. Para poder pensar racionalmente, necesitaba tiempo para superar el shock de la petición y la irritación de que ella no quisiera que tuviera nada que ver con su hijo.

–No, yo prefiero…

–Betty Lou, el ama de llaves, estará con nosotros, así que no tienes que preocuparte del qué dirán –declaró él, que no entendía por qué le preocupaban tanto los rumores de la gente.

No tenía intención de acceder a su deseo, pero necesitaba llegar al fondo de lo que pensaba ella y saber por qué estaba dispuesta a arriesgar su amistad pidiéndole aquello.

–Tendrás que admitir que lo que pides es importante y necesitamos hablarlo mucho. Si te quedas en mi rancho hasta que tengamos que partir para el próximo rodeo dentro de un par de días, tendremos intimidad para hacerlo.

Ella no parecía nada contenta con la oferta, pero al parecer se dio cuenta de que acompañándolo al rancho tendría más probabilidades de conseguir lo que quería.

–Si es el único modo de que vayas a considerar ayudarme...

–Lo es.

Ryder no quería engañarla ni hacerle creer que la iba a ayudar, pero necesitaba hablar con ella y hacerle ver que había otras alternativas para tener la familia que quería aparte de ir por ahí pidiendo a hombres desprevenidos que la ayudaran a quedarse embarazada.

Ella respiró hondo y añadió con lentitud:

–Está bien. Si así vas a considerar ayudarme, iré al rancho contigo.

Los dos guardaron silencio durante el resto del camino hasta el hotel y, cuando llegaron al rancho, después de que ella recogiera sus cosas y pagara el hotel, era más de medianoche.

–Es tarde y no sé tú, pero yo estoy muy cansado –dijo él cuando aparcó el todoterreno delante de la casa–. ¿Por qué no descansamos y hablamos de eso después del desayuno?

Summer asintió.

–Creo que será lo mejor.

Ryder salió del vehículo y le abrió la puerta a ella.

–Antes de entrar, creo que debo advertirte de que no te acerques a Lucifer –dijo.

–¿Quién es ese? –preguntó ella, con cierta aprensión.

–El gato de Betty Lou –contestó él.

Sacó el equipaje del maletero mientras ella miraba la casa de dos pisos.

–¡Oh!, no me importará verlo –contestó Summer–. Adoro los animales.

Ryder negó con la cabeza.

–Este no te gustará. Estoy convencido de que es la encarnación del diablo.

–¿Por qué dices eso?

–Apenas tolera a la gente –Ryder llevó el equipaje de ella hasta la puerta, lo dejó en el vestíbulo y se volvió para reajustar el sistema de seguridad–. Bufa y escupe a todos los que se cruzan en su camino excepto a Betty Lou. Y hasta ella lleva cuidado con él.

–¿Tú te dejas perseguir por los toros más salvajes de los rodeos y te da miedo un gato doméstico? –preguntó ella con una sonrisa.

Ryder se encogió de hombros y la guio hasta la escalera.

–De un toro sé lo que puedo esperar. Pero ese gato es otra historia. Es puro mal genio con garras. A veces le gusta acechar en lugares altos y luego hace un ruido que pondría los pelos de punta a un calvo y se tira encima de ti cuando pasas. Me ha clavado las uñas tantas veces que ya no paso delante de nada que sea más alto que yo sin mirar primero.

–¿Y por qué dejas que tu ama de llaves lo siga teniendo? –preguntó ella, cuando llegaban a la parte de arriba de las escaleras.

Ryder se había hecho la misma pregunta más de cien veces en los últimos años, normalmente después de cada ataque del gato.

–Betty Lou adora a ese diablo gris. Lo adoptó en un albergue de animales cuando murió su esposo y cuando empezó a trabajar conmigo pensé que no importaría que lo trajera consigo. Me gustan los animales y además estoy mucho tiempo fuera, así que no tengo que soportarlo demasiado.

–Es muy amable por tu parte –repuso ella–. Pero es tu casa. No deberías tener que sufrir los ataques de un gato.

Ryder se encogió de hombros.

–No veo motivo para obligarla a que se lo lleve de aquí si Lucifer es tan importante para ella. Solo intento alejarme lo más posible de él –se detuvo ante uno de los dormitorios , abrió la puerta, encendió la luz y dejó el equipaje–. ¿Estarás bien aquí? Porque si no es así, hay otros cinco dormitorios.

Ella miró un momento la espaciosa habitación y se volvió hacia él.

–Este está muy bien. ¿Lo decoraste tú?

–Sí, claro –respondió él–. ¿Tengo pinta de ser un hombre que entienda de cojines y cortinas? –movió la cabeza–. No, cuando compré el rancho, contraté a una mujer de Waco para que decorara la casa.

–Hizo un buen trabajo –Summer tocó el edredón de *patchwork* que cubría la cama–. Es una habitación muy agradable.

–Gracias –a Ryder le complacía que a ella le gustara su casa–. Compré el rancho cuando vendí mi parte de una empresa que montó mi compañero de cuarto cuando estábamos todavía en la universidad.

–Debió de tener mucho éxito –comentó ella.

Ryder sonrió.

–¿Has oído hablar de los programas informáticos Virtual Ledger?

–Por supuesto. Tienen de todo para llevar registros y contabilidad –ella abrió mucho los ojos–. ¿Tú ayudaste a fundar eso?

Él se echó a reír.

–No. No sé nada de informática. Pero mi compañero de cuarto tuvo la idea y yo tenía un dinero ahorrado de trabajar los veranos en los rodeos. Se lo di y él me dio el cincuenta por ciento de la empresa. Cuando esta despegó, le vendí mi parte y los dos conseguimos lo que queríamos –respiró hondo–. Él tiene el control total de la empresa y yo tengo este rancho y dinero suficiente para hacer lo que quiera cuando quiera el resto de mi vida.

–¿Y por qué pones en peligro tu vida luchando con toros?

–Todo el mundo debe tener un objetivo en la vida y algo que le haga sentirse útil. Además, tengo que cuidar de idiotas como Nate y Jaron –vio que ella bostezaba y se volvió para marcharse–. Que duermas bien. Y si necesitas algo, mi habitación está al final del pasillo.

Ella le sonrió y él sintió que algo cálido se le extendía por el pecho.

–Gracias, Ryder, seguro que no necesitaré nada.

Él salió al pasillo y cerró la puerta tras de sí. ¿Qué le ocurría? Summer le había sonreído cientos de veces sin que él le diera importancia. ¿Por qué ahora sentía que la temperatura le había subido varios grados?

Movió la cabeza y avanzó al dormitorio principal. ¿Y por qué la idea de que ella quisiera un hijo suyo hacía que sintiera cosquillas en lugares en los que no tenía sentido que las sintiera?

Cuando Summer abrió los ojos a la luz que entraba por las cortinas de color amarillo pálido, miró la habitación bellamente decorada y se preguntó por un momento dónde estaba.

Contuvo el aliento al recordar por qué había insistido Ryder en que lo acompañara a casa. Después de semanas pensando en el tema, había reunido por fin valor para pedirle que la ayudara. Y él no le había dicho que no, al menos directamente.

Ryder creía que tenían que hablarlo y ella estaba de acuerdo. Tenía que asegurarle que firmaría lo que fuera necesario para que quedara claro que ella sería la única responsable del niño y él no tendría ninguna obligación.

Salió de la cama para ducharse, se vistió deprisa y empezó a bajar las escaleras, donde se vio de pronto cara a cara con uno de los gatos atigrados más grandes que había visto en su vida.

–Tú debes de ser Lucifer –dijo con cautela.

Confió en que no la atacara al pasar. Pero en vez de lanzarse sobre ella, el gato la miró un momento, soltó un maullido y se frotó contra su pierna.

La joven bajó la mano y lo acarició con cuidado. Lucifer la recompensó con un ronroneo.

–No pareces tan feroz como decía Ryder –musitó ella; y el animal le lamió los dedos.

Summer siguió bajando y Lucifer trotó tras ella, que seguía el delicioso aroma a beicon frito y café recién hecho.

–Buenos días –dijo cuando encontró a Ryder sentado a la mesa de la cocina.

–Buenos días.

Él se levantó de la silla y Lucifer inmediatamente arqueó el lomó y bufó.

–Veo que sigue siendo el mismo gato feliz de siempre –comentó Ryder con sarcasmo–. ¿Quieres una taza de café, Summer?

–Sí, por favor. Huele de maravilla.

–¿Un poco de leche?

–Sí, gracias –ella sonrió–. Sabes, creo que le gusto a Lucifer. Se ha frotado contra mi pierna y me ha dejado acariciarlo en las escaleras.

–¿Lo ves?, te dije que solo tenía problema contigo, Ryder –comentó la mujer que estaba ante los fogones.

–No sé por qué –Ryder parecía sentirse insultado–. La mayoría de los animales no creen que sea tan malo.

Se acercó a sacar una taza de uno de los armarios de la cocina y sirvió café.

–Betty Lou Harmon, te presento a mi amiga Summer Patterson.

–Encantada de conocerla, señora Harmon –dijo Summer cálidamente.

La mujer se volvió a mirarla.

–Lo mismo digo, hija. Pero no seas tan formal conmigo y llámame Betty Lou, como todo el mundo, ¿me oyes?

–Sí, señora –respondió Summer.

La mujer le cayó bien enseguida. Con el pelo moreno entreverado de canas sujeto en un moño apretado en la nuca, sus bondadosos ojos grises y mejillas redondeadas sonrojadas por el calor de la cocina, Betty Lou parecía más una abuela que el ama de llaves de un rancho.

La mujer se secó las manos en un delantal de cuadros rojos y blancos y señaló la mesa.

–Siéntate y te prepararé un plato con huevos, beicon, croquetas de patata, galletas saladas y salsa.

–Yo no desayuno tanto –confesó Summer, confiando en no ofenderla. Se sentó en una de las sillas altas de respaldo de cuero que rodeaban la mesa de roble–. Normalmente tomo solo una tostada y una taza de café.

–Pues esta mañana tendrás que desayunar bien si vas a ir a montar a caballo por el cañón con Ryder –Betty Lou le llenó un plato y se lo puso delante en la mesa.

–¿Vamos a ir a montar? –preguntó Summer, alicaída. Había pensado que iban a hablar de su proposición.

–He pensado enseñarte el rancho –repuso Ryder; dejó el café sobre la mesa.

Betty Lou entró en la despensa y él bajó la voz.

–Tendremos tiempo de hablar sin que haya nadie cerca que pueda oírnos. Vamos, come.

–¿Tú no vas a desayunar? –preguntó ella.

Ryder tomó un sorbo de café.

–He comido hace una hora.

Cuando ella terminó de desayunar, sonrió a Betty Lou y se levantó a llevar el plato al fregadero.

–Todo estaba riquísimo, gracias.

La mujer asintió con la cabeza.

–Ahora podrás resistir hasta que comáis los sándwiches que os he preparado.

–¿No volveremos para el almuerzo? –preguntó Summer–. ¿A qué distancia está el cañón?

–No está muy lejos –Ryder sonrió– pero hay un arroyo bordeado de álamos y he pensado que quizá te gustaría hacer un picnic en la orilla.

–Hace años que no hago un picnic –comentó ella contenta.

***

Media hora después, montaban por el pasto detrás de los establos y Ryder observaba a Summer acariciar a la yegua que montaba. Con el sol de otoño brillando sobre su largo pelo rubio, ella parecía un ángel. Un ángel muy deseable.

–Me alegro de que se te haya ocurrido esto –dijo Summer–. Me encanta montar a caballo. Antes lo hacía a menudo, pero cuando empecé a trabajar para la Asociación de Rodeos, vendí la granja de mis padres y todos los caballos y ya no monto mucho.

–¿Había alguna razón para no conservarla? –preguntó él.

Summer fijó la vista en la distancia, como dando a entender que la decisión no había sido fácil.

–Con todo lo que viajo por mi trabajo, no me pareció que resultara práctico conservarla.

–Me doy cuenta de que tienes que llegar a un lugar unos días antes del rodeo para prepararlo todo para la prensa y organizar entrevistas con algunos de los participantes, ¿pero no podrías haber conservado un caballo en algún lugar para montarlo cuando vas a casa? –preguntó él.

–Yo no voy a casa –repuso ella con un encogimiento de hombros–. Me voy al siguiente lugar del rodeo.

–¿No vuelves a tu casa los pocos días que tenemos entre rodeo y rodeo? –normalmente se veían en el pueblo o la ciudad del siguiente rodeo y nunca habían viajado juntos. Y al parecer, aunque eran amigos, había muchas cosas de las que no habían hablado.

–Yo… no tengo casa –confesó ella–. Sé que esto sonará mal, pero no le veía sentido a pagar para mantener la casa de mis padres o alquilar un apartamento cuando solo estaría allí unos pocos días al mes.

Ryder tendió el brazo, tomó las riendas de la yegua y detuvo los dos caballos.

–A ver si lo entiendo. ¿Vives en habitaciones de hotel y no tienes un lugar propio?

Summer asintió.

–¿Y dónde guardas tus cosas?

–Lo que no cabe en mis dos maletas, como los muebles y los recuerdos de familia, están en un guardamuebles en California, cerca de donde vivían mis padres.

Ryder soltó las riendas de la yegua y reanudaron la marcha.

–Es mucho más barato que pagar para guardarlos en un apartamento que no usaría nunca –añadió ella.

Él movió la cabeza.

–¿Cuánto tiempo llevas viviendo así? –preguntó.

–Unos tres años.

Habían sido amigos todo ese tiempo y Ryder no había sospechado ni una sola vez que ella llevaba una vida de nómada. ¿Qué otras cosas no sabía de ella?

Cuando llegaron al cañón, abrió la marcha hasta

el punto de la orilla del arroyo en el que había pensado hacer el picnic y detuvo el caballo.

–¿Qué te parece este lugar?

–Es magnífico –respondió ella–. Hay mucha sombra –señaló uno de los álamos–. Y podemos extender la manta debajo de ese árbol.

Ryder desmontó, ató al caballo y retiró la manta enrollada que había puesto en la parte de atrás de la silla junto con las alforjas donde viajaba el almuerzo. Por el rabillo del ojo vio a Summer bajar de la yegua y empezar a hacer estiramientos para soltar los músculos después del ejercicio. Respiró con fuerza. Los movimientos le hacían sobresalir el pecho y, por primera vez desde que la conocía, Ryder se fijó en lo redondos y perfectos que eran.

Murmuró una maldición entre dientes y se obligó a apartar la vista. Summer era su mejor amiga y él nunca había pensado en ella de un modo romántico. ¿Por qué se fijaba de pronto en su adorable trasero y en sus embaucadores pechos?

Disgustado consigo mismo, movió la cabeza, se puso la manta de picnic bajo el brazo, terminó de soltar las alforjas de la silla y lo llevó todo al punto bajo el álamo que había señalado Summer. Su fascinación por los atributos femeninos de ella probablemente se debía a que llevaba mucho tiempo sin estar con una mujer. Cuando volviera al circuito de los rodeos, tendría que visitar algún bar y ligar con alguna mujer que solo buscara pasar un buen rato. Quizá así dejaría de tener pensamientos extraños sobre su mejor amiga.

Capítulo Tres

Summer miró el perfil de Ryder. Estaban sentados al lado del arroyo y acababan de terminar el almuerzo. Pensó que él era uno de los hombres más atractivos que había conocido y no entendía cómo había tardado tanto tiempo en darse cuenta.

Él tenía todos los atributos que ella quería para su hijo, y no podía ni contemplar la idea de pedirle eso a ningún otro de sus conocidos. No se fiaba de ningún hombre como de Ryder y no podía imaginarse a nadie más como padre de su hijo.

–¿Has pensado ya si me vas a ayudar? –preguntó por fin.

–Casi no he pensado en otra cosa –confesó él–. No todos los días me pide de pronto una mujer que la deje embarazada –su expresión no traslucía nada y ella no podía saber lo que pensaba.

–Como ya te dije anoche, tú no tendrías obligaciones –comentó–. Yo me responsabilizaré de todo. Tú ni siquiera tendrías que hacer público que has sido el donante.

–En otras palabras, no quieres que participe de ningún modo en la vida de mi hijo –respondió él. Movió la cabeza–. Tú precisamente deberías saber que yo no soy así.

La fiera determinación que había en su voz la pilló por sorpresa.

–Yo… bueno… no había pensado que querrías…

Él alzó una mano.

–Vamos a retroceder un poco. Ya nos ocuparemos más tarde de lo que ocurrirá cuando te quedes embarazada. Por el momento hay algunas cosas que quiero saber –la miró a los ojos–. ¿Por qué yo?

–Tú tienes todas las cualidades que me gustaría traspasar a un hijo mío –contestó ella, sin vacilar–. Eres sano, estás en buena forma física y me gusta tu manera de pensar. Eres sincero, leal y eres el hombre más de fiar que he conocido, después de mi padre.

–Hablas como si fuera un semental que alguien quisiera para cubrir a sus yeguas –él movió la cabeza con incredulidad–. ¿Cuánto tiempo llevas pensando en esto?

–Unos seis meses –confesó ella. Aquello no iba como esperaba. Él no parecía mostrarse muy receptivo–. Pero no pensé seriamente en pedírtelo hasta hace un par de semanas.

Ryder asintió con la cabeza y fijó la vista en la distancia.

–Anoche dijiste que no querías esperar a ver si cambiabas de idea sobre lo de conocer a un hombre con el que te apetezca formar una familia.

–Así es –confirmó ella–. No tengo intención de casarme nunca.

–¿Por qué?

–Como sabes, soy bastante independiente –repuso ella, recitando la respuesta que había ensayado–. No quiero perder eso. No quiero depender de un hombre ni darle a nadie ese tipo de control sobre mí.

Él frunció el ceño.

–¿De dónde has sacado la idea de que la persona a la que puedas conocer querría controlarte? –movió la cabeza y apoyó los codos en las rodillas–. Sé que la mayoría de los hombres admiran la independencia en una mujer. Incluido yo.

–Quizá debería expresarlo de otro modo –dijo ella–. No quiero darle a nadie ese control emocional.

Ryder la miró largo rato.

–¿Quién fue el bastardo?

La pregunta la sobresaltó.

–No sé de qué me hablas.

–Alguien tuvo que hacerte mucho daño para que sientas eso –insistió él–. ¿Quién fue?

El tren de pensamiento de Ryder lo acercaba demasiado a la verdad y ella tuvo que hacer esfuerzos para conservar la calma.

–No fue nadie –mintió–. Simplemente, nunca he creído que necesite un hombre en mi vida para confirmar mi valía como mujer y no quiero depender de él para ser feliz.

–De acuerdo –contestó él.

Summer veía que no creía su explicación.

–¿Por qué ahora? –preguntó Ryder–. Solo tienes veinticinco años. Tu reloj biológico no apremia todavía.

La joven respiró hondo. Esa vez la respuesta no era mentira.

–Quiero volver a formar parte de una familia. Quiero querer a alguien y que me quiera a su vez.

–¡Ah, querida! –Ryder la rodeó con los brazos y la estrechó contra sí–. Sé que has estado muy sola desde que murieron tus padres, ¿pero crees de verdad que tener un hijo te curará de tu soledad?

–Lo creo –respondió ella, confusa porque el abrazo de Ryder no le resultaba nada amenazador. Si la hubiera abrazado cualquier otro hombre, habría tenido un ataque de pánico.

–¿Dónde vivirías con el bebé? –preguntó él con gentileza–. No puedes criar a un niño en habitaciones de hotel ni cambiando de ciudad cada semana.

La pregunta hizo que ella se preguntara si estaría considerando en serio su petición.

–Pienso dejar mi trabajo y comprar una casa. Ya te dije que mis padres me dejaron bastante dinero –respiró hondo y exhaló el aire lentamente–. Me gustaría quedarme en casa con el niño hasta que empiece a ir al colegio. Entonces decidiré si quiero trabajar media jornada o seguir de ama de casa.

Ryder guardó silencio y ella se inclinó hacia atrás para mirarlo. Él parecía pensativo y Summer confió en que eso fuera una señal positiva que indicaba que la iba a ayudar.

–Es una decisión muy importante –dijo él al fin, mirándola a los ojos–. Déjame pensarlo un tiempo.

–Por supuesto. Pero quiero asegurarte una vez más que no espero nada más allá de que seas el donante. Como ya te dije anoche… tú no tendrás ninguna obligación.

Él se levantó y le tendió la mano para ayudarla a incorporarse.

–Creo que es hora de volver a la casa.

Cuando Summer le tomó la mano, una corriente eléctrica le subió por el brazo y se le extendió por el cuerpo. Frunció el ceño y se volvió a recoger la manta. ¿Qué le ocurría? A ella no le interesaba ningún hombre, y menos Ryder. Él era su mejor amigo y no estaba dispuesta a poner en peligro esa amistad por una aventura romántica. Una cosa era la donación de esperma y otra muy distinta mezclar los sentimientos.

Mientras Summer ayudaba a Betty Lou en la cocina, Ryder miraba por la ventana de su despacho cómo se ponía el sol. No podía dejar de pensar en la idea equivocada que tenía Summer de que un bebé sería la solución a su soledad.

Entendía que quisiera una conexión familiar y la sensación de pertenencia a un grupo que eso conllevaba. Lo entendía porque los primeros catorce años de su vida había anhelado lo mismo yendo de una casa de acogida a otra. Hasta que lo instalaron con Hank Calvert y empezó a vivir en el rancho Última Oportunidad, no descubrió lo que era tener un hogar y ser parte de una familia. Pero dudaba de que ella volviera a sentirse parte de algo así por el hecho de tener un niño.

Normalmente tener una familia implicaba tener un sistema de apoyo. Pero Summer no lo tendría. Ella sería el sistema de apoyo para el bebé, pero no tendría a nadie que la ayudara a ella. Ese papel solía recaer en el esposo, la abuela del niño o incluso una tía. Summer no tendría ninguna de las tres cosas.

¿Y por qué creía que él no querría formar parte de la vida de su hijo? ¿Qué le hacía pensar que, si él perdía el poco sentido común que le quedaba y aceptaba ayudarla, podría alejarse luego sin más?

Conocía de primera mano cómo afectaba a un niño el abandono de un padre. Tenía solo cuatro años cuando su madre lo había dejado en la sala de espera de un hospital para que lo encontraran las autoridades, pero ese hecho había tenido un impacto enorme en su vida. Aparte del hecho de ser criado por personas a las que lo único que les importaba de él era el cheque mensual que recibían por albergarlo, las consecuencias de ir pasando de mala familia a peor lo habían metido en tantos líos como para haber acabado en el rancho Última Oportunidad. Y aunque pasar a ser parte de los chicos de Hank había sido lo mejor que le había ocurrido en la vida, el modo en que había llegado allí era algo que nadie quería para un chico.

Por supuesto, Summer no le pedía que estableciera un vínculo con el niño y luego se marchara para dejarle a ella terminar el trabajo. No, ella no quería que tuviera ninguna relación con el bebé jamás. Y eso le molestaba mucho.

Hasta que Summer le había pedido aquello, jamás había pensado en tener hijos. Para empezar, porque no esperaba casarse, ya que no sería fácil encontrar una mujer que comprendiera su doloroso pasado y pudiera aceptarlo. Y además, gracias al código del vaquero de Hank, Ryder era lo bastante anticuado para creer que no puedes colocar el carro por delante del caballo. Casarse era lo primero que tenía que hacer un hombre y después podía empezar a tener hijos. No al contrario.

Sonrió con afecto al recordar a su padre adoptivo sentado con sus hermanos y con él dándoles lecciones de modales y ética. Y todos habían aprendido bien esas lecciones, ya fuera por gratitud o porque querían imitar al hombre que había estado siempre a su lado en lo bueno y en lo malo. Una de esas lecciones era que un hombre siempre trataba a una mujer como a una dama, le mostraba respeto y, si engendraba un hijo, asumía su responsabilidad y ayudaba a la madre a criarlo.

Sus hermanos y él habían cumplido siempre el código del vaquero... incluido Nate. Este podía ser mujeriego, pero siempre respetaba a las mujeres y limitaba sus actividades amorosas a una por vez.

Una llamada a la puerta interrumpió sus pensamientos.

–La cena está casi lista –anunció Summer.

Ryder se acercó a la puerta abierta y el corazón le dio un vuelco al verla. Unos mechones de pelo rubio le escapaban de la coleta y tenía las mejillas sonrojadas por el calor de la cocina.

–Tú primero –dijo.

Se preguntó si habría perdido el juicio. ¿Por qué tenía la sensación de que acababa de correr un maratón? Cuando jugaba con los toros a ver quién era más valiente, no perdía tanto el aliento.

¿Por qué en los dos últimos días se sentía de pronto tan fascinado por el cuerpo de ella?

No deseaba una relación romántica ni con ella ni con ninguna otra mujer. Simplemente no podía soportar la idea de enamorarse de alguien especial y ver después repulsión y miedo en su cara cuando descubriera la verdad sobre él.

Al entrar en la cocina, se dirigió hacia su lugar en la cabecera de la mesa, pero Lucifer eligió aquel momento para salir de detrás de la isla de la cocina. Y como era habitual en él, siempre que veía a Ryder, arqueó el lomo y bufó de un modo muy desagradable.

–Vaya, buenas noches a ti también, Lucifer –lo saludó Ryder irónico.

–Hay algo en ti que no le gusta a ese gato –Summer enarcó las cejas–. Puede que reaccione a tu colonia.

Ryder se encogió de hombros y se sentó a la mesa.

–Podría ser, si llevara colonia. Pero como no la llevo, no puede ser eso.

–¿Tienes idea de por qué reacciona Lucifer así ante Ryder, Betty Lou? –preguntó Summer. Tomó un bol de puré de patatas de la isla y lo depositó en la mesa.

El ama de llaves negó con la cabeza.

–No, pero ha sido así desde que empecé a trabajar aquí hace cuatro años –se acercó a dejar otra bandeja con en medio de la mesa–. Personalmente, creo que Lucifer se pone a la defensiva porque le asusta el tamaño de Ryder –sonrió–. Tienes que admitir que es un hombre muy grande.

–Puede que tengas razón –Summer sonrió mientras servía vasos de té frío–. Puede que Lucifer solo esté avisando a Ryder de que mire al suelo y no lo pise.

Mientras las dos mujeres continuaban con sus especulaciones sobre por qué molestaba tanto al gato, Ryder volvió a pensar en lo que podría decir para que Summer cambiara de idea sobre su intención de quedarse embarazada. Una idea empezó a cobrar forma en su mente. Esperó hasta que Betty Lou se concentró en sacar una empanada del horno e indicó a Summer que se acercara.

–He tomado una decisión –dijo en voz baja–. Si no estás muy cansada, hablaremos de ello en mi despacho después de cenar.

Una hora después de que Ryder le hubiera dicho que estaba preparado para darle una respuesta, Summer lo siguió por el pasillo hasta el despacho. No recordaba haber estado nunca tan nerviosa. ¿Y si él le decía que no? ¿Qué haría entonces?

Cuando entraron en la estancia, decorada de un modo muy masculino, él le señaló un sillón de cuero grande situado delante del escritorio y puso la mesa entre los dos.

–Siéntate.

Se instaló en el sillón de ejecutivo que había detrás del enorme escritorio de madera de castaño y sonrió de un modo que hizo que Summer concibiera esperanzas.

–Antes de aceptar, creo que hay algunos detalles que tenemos que aclarar –comentó él.

–¿Me vas a ayudar? –preguntó ella. Se inclinó hacia delante.

Él alzó una mano y negó con la cabeza.

–Yo no he dicho eso. He dicho que tendríamos que aclarar algunas cosas antes de que yo accediera a nada.

–Creo que he sido muy clara sobre mis planes y tu papel en ellos.

–Fuiste muy clara –corroboró él–. Pero yo sí querría algunas cosas a cambio de mi donación a tu causa.

–¿Qué querrías? –preguntó ella con cautela.

–Tú sabes que mi madre me abandonó cuando tenía cuatro años y pasé el resto de mi infancia en el sistema de acogida de menores –dijo él–. Pero creo que no te he dicho que nunca he sabido quién fue mi padre –se encogió de hombros–. En realidad, dudo mucho de que lo supiera mi madre.

–¿Qué te hace pensar que ella no lo sabía? –preguntó Summer–. Eras tan pequeño que a lo mejor te habló de él y lo has olvidado.

–No lo creo –Ryder negó con la cabeza y se recostó en su sillón–. Por lo que dijo una de las trabajadoras sociales antes de enviarme al rancho Última Oportunidad, habían estado vigilando a mi madre prácticamente desde mi nacimiento. Al parecer, en algún momento de sus investigaciones, ella les había dicho que no estaba segura de quién la había dejado embarazada.

–Lo siento, Ryder –musitó Summer.

Había tenido una infancia maravillosa con sus padres y no podía ni imaginar lo que sería no tener esa seguridad ni la sensación de identidad que conllevaba.

–Me pasé los primeros catorce años de mi vida preguntándome quién sería mi padre y deseando tener un papá con el que hacer cosas como los demás niños con los que iba al colegio. Hasta que Hank Calvert se convirtió en mi padre adoptivo, no supe lo que era tener un padre de verdad –se inclinó hacia delante y apoyó los brazos en la mesa–. Si accediera a ser el padre de tu hijo, no querría que mi hijo pasara por eso. No quiero que crezca preguntándose quién es el responsable de su existencia y por qué no está su padre ahí para llevarlo a sitios y hacer cosas con él.

–¿Me estás diciendo que quieres formar parte de la vida del niño? –preguntó ella.

–¡Quién sabe! Ese podría ser el único hijo que tuviera –respondió él–. Pero lo sea o no lo sea, yo querría estar a su lado como nunca estuvo mi padre biológico.

Summer pensó en sus palabras y recordó la relación que había tenido con su padre y lo importante que había sido para los dos. Tenía muchos recuerdos buenos de las cosas que habían hecho juntos y se dio cuenta de que quería también eso para su hijo.

–Me gustaría mucho que formaras parte de la vida del niño –dijo con sinceridad–. Simplemente no se me había ocurrido que quisieras hacerlo.

–¿Aceptarías una custodia compartida? –preguntó él. Y el modo en que lo hizo transmitía la sensación de que aquello podía ser vital para cerrar el trato.

–No lo había pensado –contestó ella–. Pero siempre que habláramos y acordáramos juntos cómo criar al niño, no creo que yo tuviera problemas.

Él enarcó una ceja.

–Te das cuenta de que yo querría pasar tanto tiempo con él o con ella como tú, ¿verdad?

–Estoy segura de que podríamos llegar a un acuerdo que nos resultara aceptable a los dos –repuso Summer.

Eran muy buenos amigos y se llevaban bastante bien, así que no sería muy difícil acordar un calendario que conviniera a ambos.

–¿Eso es todo?

–No –Ryder la miró a los ojos–. ¿Dónde has pensado comprar esa casa que mencionaste?

–No lo he pensado detenidamente, pero supongo que podría comprarla en cualquier parte –con sus padres muertos y la propiedad vendida, no había nada que la atara a California–. ¿Por qué?

–¿Estarías dispuesta a vivir en el rancho conmigo durante el embarazo y hasta que el bebé tenga un año y después buscar un lugar próximo?

–No sé si eso es una buena idea, Ryder –dijo ella.

–En realidad, es la solución ideal –declaró él–. Si te quedaras aquí en el rancho, yo podría vivir la experiencia del embarazo contigo, acompañarte a las citas con el médico y asistir a las clases de preparto y hacer todo lo necesario para que seamos buenos padres. Y cuando naciera el bebé, podría ayudarte a cuidarlo el primer año. Cuando llegara el momento de que buscaras una casa, estar cerca nos facilitaría mucho lo de compartir la custodia.

Lo que decía tenía sentido, pero ella no estaba dispuesta a aceptar sin pensarlo mejor. Eran amigos, sí, pero no estaba segura de querer vivir con él durante casi dos años.

–¿Podría pensar un poco en todo esto? –preguntó al fin.

Él sonrió.

–Claro. Todo el tiempo que quieras.

–¿Hay algo más?

Ryder tardó un momento en contestar.

–Solo una cosa más.

–Te escucho.

–No creo que la donación de semen en un vasito sea lo que debamos hacer para la concepción. Yo tengo todo el equipo y, créeme, querida, está plenamente operativo –él sonrió–. Además, me gustaría poder decirle a nuestro hijo que estuvimos juntos adrede porque los dos deseábamos tenerlo.

Summer sintió un nudo en la boca del estómago.

–¿Qué es lo que intentas decir, Ryder?

–Si te voy a ayudar, la concepción tendrá que ser natural.

–Quieres decir que haríamos...

–Haríamos el amor –terminó él por ella.

–¡No!

La vehemencia de la negativa le sorprendió incluso a ella. Pero no tenía la menor intención de meterse en la cama con ningún hombre y menos aún con Ryder. Era su amigo y ella no quería perder esa relación.

–Entonces supongo que no hay trato –repuso él; se recostó en su sillón.

–¿Hay algo que pueda decir para hacerte cambiar de idea? –preguntó ella.

–No. Por lo que a mí respecta, el medio de la concepción no es negociable.

Ella se levantó para marcharse.

–Entonces, por favor, olvida que te he pedido que me ayudaras.

–Eso no puedo hacerlo –él se levantó a su vez y negó con la cabeza–. Ese caballo ya ha salido del establo y es imposible volver a meterlo.

Summer lo miró un momento y salió del despacho. De camino a su dormitorio, la embargaban varias emociones diferentes. Naturalmente, se sentía decepcionada. Quería un bebé y quería que fuera hijo de Ryder. También sentía cierta vergüenza por haber mostrado una reacción tan fuerte a la idea de acostase con él. Ryder no podía saber que la mera idea de tener relaciones sexuales con cualquier hombre casi bastaba para provocarle un ataque de pánico. Pero sobre todo, estaba enfadada.

Antes de salir del despacho no había podido evitar pensar que era ella la que tenía que hacer todas las concesiones. Era cierto que la mayoría de lo que él le había pedido tenía sentido. Teniendo en cuenta que no había conocido a su padre, Summer comprendía que no quisiera lo mismo para su hijo e incluso lo admiraba por su disposición a comprometerse a estar al lado del bebé.

¿Pero no podía al menos tener en cuenta los sentimientos de ella en el tema? ¿Por qué no estaba dispuesto a buscar un compromiso en el modo de la concepción? ¿No se daba cuenta de que eso suponía llevar su amistad muy lejos? ¿No había pensado que esa amistad podía no sobrevivir a la relación sexual?

Un escalofrío le recorrió el cuerpo y no parecía ser fruto de la aprensión ni del pánico. Aquella sensación desconocida no podía ser deseo.

Intentó desechar un pensamiento tan tonto, tomó el pijama y entró en el baño a ducharse. Tenía que hacer entrar en razón a Ryder. Desgraciadamente, la única idea que le rondaba era que él era el único hombre con el que podía llegar a considerar hacer un bebé al estilo tradicional.

***

Cuando Summer salió del despacho como si la persiguiera una jauría de perros, Ryder suspiró pesadamente y se hundió en su sillón detrás del escritorio a pensar en lo que acababa de ocurrir. Había logrado su propósito. Había conseguido que cambiara de idea sobre tener un hijo con él. ¿Por qué, entonces, no estaba más satisfecho?

No quería aplastar su sueño, pero creía sinceramente que ella quería tener un hijo por las razones equivocadas. Tener un bebé simplemente porque deseaba volver a tener una relación de familia sería colocar demasiadas expectativas en un niño y tal vez a este le resultara difícil vivir con eso.

Por supuesto que Summer querría al bebé y este a ella. Ryder no tenía ninguna duda de eso. Pero era de la opinión de que había que buscar a un niño porque uno deseaba cuidar y amar, no para que fuera un remedio a la soledad.

Pero por mucho que le preocuparan las razones equivocadas de ella para querer un bebé, había algo que le preocupaba aún más. ¿Qué había provocado su reacción cuando le había propuesto engendrar un hijo al modo tradicional?

En el transcurso de su amistad, la había visto en varias situaciones estresantes y una de las muchas cosas que admiraba de ella era su capacidad para permanecer tranquila y segura de sí misma. Podía lidiar con una sala de prensa llena de periodistas exigentes con la misma facilidad con que podía maquillarse. Y cuando uno de los montadores de toros había muerto el año anterior por las heridas que se había hecho en uno de los rodeos, ella se había encargado de todo y había conseguido de algún modo satisfacer a la prensa sin que acosaran a la familia, que lloraba la pérdida de su único hijo.

Nunca la había visto perder los estribos como los había perdido al oír que quería que concibieran el niño haciendo el amor. En ese momento había perdido su confianza en sí misma.

Ryder hizo una mueca.

¿Tan desagradable le resultaba la idea de hacer el amor con él? ¿O tenía miedo de perder la amistad cómoda que habían compartido los últimos años?

Aunque no estaba orgulloso de ello, una parte de él había confiado en que ella aceptara sus condiciones. Al principio había ideado el plan para desalentarla, como un modo de conseguir que renunciara a su idea de que él fuera el padre del niño. Pero la idea de estrechar el delicioso cuerpo de Summer contra el suyo, de sumergirse en ella, lo había excitado de tal modo que casi se había sentido mareado.

–McClain, eres un miserable hijo de perra –murmuró.

Se levantó y se acercó a la puerta.

Summer era su mejor amiga y él no podía concebir qué había cambiado entre ellos en las últimas veinticuatro horas para que estuviera en un estado perpetuo de semiexcitación. Le habría gustado echar la culpa de ello a la proposición de que la ayudara a quedarse embarazada, pero no podía.

Las manos de ella en sus bíceps cuando bailaban en la fiesta lo habían cargado como al conejo de juguete de un anuncio de pilas, y eso había sido horas antes de que ella le pidiera que la ayudara a tener un hijo. Y había dejado también de echar la culpa a las bromas de sus hermanos, pues estos se habían burlado de él otras veces por la relación que tenía con ella y eso no le había hecho pensar cómo sería sumergirse tan profundamente en ella que perdiera la noción de dónde terminaba él y empezaba ella.

Su traicionero cuerpo se excitó todavía más y se dirigió al baño de su dormitorio a darse una ducha de agua fría. Quizá si permanecía bajo el chorro de agua hasta que tuviera más frío que un pingüino en el ártico, volvería a pensar en Summer como en una amiga y dejaría de pensar en ella como la mujer deseable que quería que la ayudara a tener un hijo.

Mucho después de haber oído a Ryder pasar por delante de su habitación de camino al dormitorio principal, Summer yacía en la cama mirando el techo. No podía dejar de pensar en las palabras de él y en la reacción de ella.

Había estado dispuesta a aceptar casi todas sus peticiones. De hecho, decidió que le gustaba la idea de compartir con él la responsabilidad de criar a un hijo. Con lo protector que era con las personas a las que quería y lo paciente que ella sabía que era, sería un padre estupendo. Y ella entendía que quisiera que viviera en el rancho con él durante el embarazo y el primer año de vida del bebé. Quería ser un padre activo, acompañarla al médico y asistir a las clases de preparto y turnarse con ella en el cuidado del bebé. Incluso valoraba que quisiera que ella comprara una casa cerca del rancho para poder estar con su hijo el máximo tiempo posible. Pero su idea de que tenían que concebir al niño de un modo natural la alteraba mucho.

Se estremeció, se puso de lado y cerró los ojos con fuerza, intentando bloquear el recuerdo horrible que estaba detrás de sus problemas con el sexo. No le gustaba pensar en aquella noche ni en la persona que había violado su cuerpo y destruido su confianza en los hombres. Eso era dar demasiada importancia al incidente y a él, demasiado poder sobre ella. Desgraciadamente, también era un detalle importante de su pasado, un detalle que había marcado el futuro así como su relación con los demás hombres. Con todos ellos, exceptuando su amistad con Ryder.

En este había confiado desde el mismo momento en que lo había conocido. No sabía por qué, pero desde el primer instante había estado segura de que él era todo lo que parecía ser: abierto, sincero y respetuoso con las mujeres. El tipo de hombre que había sido su padre. El tipo de hombre que deberían ser todos.

Pero por mucho que deseara un hijo, no sabía si sería capaz de acostarse con Ryder, un hombre en el que confiaba más que en ningún otro. Para empezar, llevaba tanto tiempo evitando colocarse en una posición vulnerable con un hombre, que no estaba segura de poder volver a hacerlo. Y además, antes de la noche de la violación solo había estado con un hombre. Eso había sido en su primer año de universidad y aunque el sexo con su novio no la había asustado, las pocas veces que se habían acostado no habían estado a la altura de sus expectativas ni se habían parecido a los encuentros apasionados que su compañera de cuarto decía tener con su novio.

Summer volvió a colocarse de espaldas y abrió los ojos para mirar el techo. Quería un hijo y parecía que un banco de esperma sería la única opción. ¿Pero de verdad quería acudir a uno para tener el hijo que deseaba?

La idea seguía sin gustarle. ¿Y si no conseguía encontrar un donante que fuera un sustituto aceptable para Ryder? O peor aún, ¿y si lo hacía y el hombre mentía sobre su historial médico y sus características?

Sabía que los hombres pasaban una criba para poder donar semen y eso la consolaba un tanto. Pero permanecía el hecho de que el padre de su bebé sería un completo desconocido y eso la ponía muy nerviosa.

Como no podía dormir, salió de la cama y se acercó al banco que formaba el alféizar de la ventana. Se sentó en el cojín, acercó las piernas al pecho y miró el cielo cuajado de estrellas. Solo había un hombre al que quería para padre de su hijo y ese era Ryder.

Puesto que sabía que ningún otro hombre sería un sustituto aceptable, tenía que decidir si podría reunir valor para aceptar la condición de él de que concibiera de un modo natural. Eso implicaría tener relaciones sexuales con él, y aunque solo sería con el objetivo de quedarse embarazada, no estaba segura de poder hacerlo.

La idea le produjo un anhelo extraño en el bajo vientre, así que se levantó y empezó a caminar por la habitación. Hacía tanto tiempo que no experimentaba esa sensación que casi había olvidado lo que era, pero resultaba inconfundible. Tal vez su mente no hubiera asimilado aún la exigencia de Ryder, pero su cuerpo estaba preparado.

Entró en el baño, se acercó al lavabo, abrió el grifo de agua fría y se mojó la cara. Ryder era su amigo, el único hombre con el que se sentía cómoda. Cuando se secó el rostro con una toalla, miró la imagen que había en el espejo.

Aunque distaba mucho de sentirse cómoda con la situación, él era el único hombre por el que había sentido deseo en años.

Capítulo Cuatro

A la mañana siguiente, mientras Ryder cepillaba a su caballo bayo, no pudo evitar pensar si habría dañado irreparablemente su amistad con Summer. Esperaba con todo su corazón que no fuera así.

Al sugerir que hicieran el amor para que ella se quedara embarazada, su única intención había sido desalentarla, no ponerla en fuga. Pero no la había visto desde la conversación de la noche anterior en el despacho y ella no se había molestado en bajar a desayunar esa mañana. A Ryder no se le ocurría otra explicación para su ausencia.

No había esperado que ella aceptara sus términos y la ducha de agua fría le había ayudado a recuperar la perspectiva. Aunque comprendía que la negativa de ella había sido para bien, no había contado con que su exigencia la espantara. Pero si lo esquivaba esa mañana era porque sí la había espantado. Y eso le preocupaba mucho.

–Betty Lou ha dicho que seguramente te encontraría aquí –dijo Summer, entrando en el establo.

–No sabía si querrías volver a hablar conmigo después de lo de anoche –comentó él con sinceridad–. No has bajado a desayunar y pensaba que seguirías molesta por nuestra conversación.

Siguió cepillando al caballo para no ceder a la necesidad abrumadora de tomarla en sus brazos. Eso no tenía ningún sentido y no podía imaginar por qué sentía aquel impulso tan fuerte. La suya nunca había sido una amistad de ese tipo.

Ella negó con la cabeza.

–No estoy molesta, pero me diste mucho en lo que pensar y me costó bastante quedarme dormida.

–¿Y por eso te has quedado dormida esta mañana? –preguntó él.

Le aliviaba que no estuviera enfadada, pero se preguntaba adónde iría a parar esa conversación.

Ella asintió y frunció el ceño.

–Hacía años que no me quedaba dormida hasta tarde.

–Seguramente necesitabas el descanso –él soltó la soga con la que había atado el caballo al poste y devolvió al animal a su cuadra del establo. Cerró la media puerta y añadió–: Últimamente te he visto trabajar muchas horas.

Una brisa suave le movió un mechón del pelo a Summer y él tuvo que hacer un esfuerzo monumental para no extender el brazo y apartárselo.

–Si no estás muy ocupado, ¿te importa que hablemos un poco más de lo de anoche? –preguntó ella, vacilante.

Ryder sintió un cosquilleo. ¿De qué podía querer hablar ella que no hubieran hablado ya la noche anterior? ¿Y por qué de pronto quería abrazarla y besarla hasta borrar de su hermoso rostro aquella expresión de duda?

Tragó saliva con fuerza y asintió.

–Claro que no. ¿Quieres volver a la casa o quieres hablar aquí?

Summer miró a su alrededor.

–No te preocupes –dijo Ryder–. No hay nadie que pueda oírnos. El capataz se ha llevado a los hombres a revisar las vallas de los pastos más lejanos para asegurarse de que están listas para el invierno.

–Podemos hablar aquí –dijo ella. Fue a sentarse en un haz de paja.

Ryder se alegraba de que todavía le hablara y sentía curiosidad por lo que querría decirle. Por lo que a él se refería, sus estipulaciones habían sido muy claras y ella no podría hacerle cambiar de idea.

–¿De qué crees que tenemos que hablar? –preguntó.

Se cruzó de brazos y se apoyó en un poste, algo alejado de ella.

Summer respiró hondo.

–Me he pasado la mayor parte de la noche despierta pensando en tus requerimientos y tu razonamiento.

–¿Y?

–Y estoy de acuerdo con la mayoría –ella tomó una paja y empezó a romperla con los dedos–. Me gusta la idea de que el bebé tenga una madre y un padre que lo quieran y con los que pueda contar. Y también creo que estaría bien que me acompañaras a las consultas de los médicos y que me ayudes a cuidar del bebé cuando nazca.

Ryder se preguntó cuándo dejaría de andarse

por las ramas e iría al grano, a la parte de hacer el amor para concebir.

No tuvo que esperar mucho.

–El único problema que tengo con tus condiciones es la parte de que nos acostemos para quedarme embarazada –dijo casi en un susurro.

–Comprendo tu negativa y no me siento ofendido –repuso él–. No quieres poner en peligro nuestra amistad y me parece bien. Yo tampoco quiero perder eso.

Summer negó con la cabeza.

–Eso no era lo que iba a decir.

Ryder carraspeó.

–¿Y qué ibas a decir?

–He pensado mucho en ello... y creo que nuestra amistad es lo bastante firme para soportar que nos acostemos con el propósito de concebir un hijo.

Aquello era lo último que él esperaba oír, y no le gustó nada la reacción de su cuerpo al anuncio de ella. La mera idea de que pudieran acostarse bastó para provocarle una oleada de deseo que hizo que el cuerpo se le endureciera. Se quitó el sombrero con una mano y se pasó la otra por el pelo en un esfuerzo por ocultar su reacción.

¡Por todos los santos! Él creía que había conseguido cerrar bien el asunto. La noche anterior le había dicho lo que quería a cambio de su ayuda y ella había encontrado sus exigencias inaceptables. El tema debería haber acabado allí. ¿Qué narices iba a hacer ahora?

–¿Deseas tanto un niño que estás dispuesta a dar ese paso? –preguntó, incapaz todavía de creer lo que había dicho ella–. ¿Estás dispuesta a hacer el amor conmigo hasta que te quedes embarazada?

Ella apartó la vista un momento y luego asintió y lo miró a los ojos.

–Sí. Estoy dispuesta a hacer lo que sea preciso con tal de tener el hijo que quiero.

–Está bien –contestó él–. ¿Puedo preguntar por qué has cambiado de idea?

Summer contestó sin vacilar:

–Tú tienes todos los rasgos y características...

–Sí, soy el semental perfecto –la interrumpió él–. Eso ya lo entendí. Lo que quiero saber es qué ha pasado para que hayas cambiado de idea.

–Me he dado cuenta de que eres el único hombre que quiero que sea el padre de mi hijo –ella se encogió de hombros–. Eres mi mejor amigo y te conozco lo bastante bien para saber que estarás al lado del bebé pase lo que pase. Lo querrás tanto como yo y lo protegerás todo lo que puedas.

Ryder no tenía nada que objetar a eso. No tenía ninguna duda de que protegería a su hijo como fuera, aun a riesgo de su vida. En realidad, sabía que haría lo mismo por Summer.

–¿Y te sientes completamente cómoda con todo esto? –preguntó, con la sensación de estar perdido en un universo paralelo.

–Sí.

Ryder asintió con la vista fija en la distancia. ¿Qué tenía que hacer ahora? Su plan había sido desalentarla y la noche anterior lo había conseguido. Pero ahora que Summer había cambiado de idea, estaba atrapado. Le había dado su palabra de ayudarla si aceptaba sus condiciones y si no quería faltar a su palabra, no veía otra opción que cumplir su parte del trato.

–Supongo que ahora ya solo queda decidir cuándo quieres empezar a intentar quedarte embarazada –dijo al fin. Apretó los puños en un esfuerzo por controlar la excitación de su cuerpo, pero no le funcionó.

Summer se levantó del haz de paja.

–Lo he pensado y creo que quiero empezar lo antes posible –se sonrojó–. Podríamos probar algo hoy, si tú estás de acuerdo.

A él le costó mucho reprimir un gemido. Tenía delante a una mujer hermosa que le decía que quería que le hiciera el amor. ¿Y él la iba a rechazar? Su nobleza solo llegaba hasta un punto y era lo bastante hombre para admitir que había alcanzado ese punto.

–Desde luego –musitó. Y la idea de que iban a hacer el amor le lanzó una ola de calor directa a la entrepierna. Se alegró de que ella estuviera demasiado distraída para fijarse en que él sujetaba aún el sombrero delante de los vaqueros, que empezaba a sentir muy ceñidos a la altura de la bragueta–. Hoy tengo cosas que hacer, pero esta noche estaría bien.

Ella asintió.

–Ahora que hemos aclarado esto, iré a ver si Betty Lou necesita ayuda con el almuerzo –empezó a alejarse, pero se detuvo de pronto y se volvió–. Por cierto, ¿usas boxers o slips?

–Slips –él frunció el ceño–. ¿Por qué?

–No estoy segura de eso –ella se mordió el labio inferior–. Hasta que tengamos éxito, creo que deberías empezar a usar boxers.

–¿Por qué? –Ryder era consciente de que empezaba a parecer un loro, pero no conseguía imaginar por qué ella estaba tan interesada en su ropa interior.

–Los boxers aprietan menos y facilitan la producción de esperma –explicó Summer.

Él se echó a reír, con lo que liberó parte de la tensión que lo agarrotaba.

–No te preocupes por mí, querida. Todo funciona bien y, puesto que duermo desnudo, no tengo razones para creer que no tendré nadadores suficientes para hacer el trabajo.

–Está bien –ella se volvió para marcharse–. Te dejaré ese detalle a ti.

Cuando salió del establo, él dejó de sonreír y pensó en la situación. Summer y él iban a cruzar una línea en su amistad y hacer el amor para tener un hijo. Aquello era increíble.

Si alguien le hubiera dicho tres días atrás que pronto estaría planeando conscientemente dejar embarazada a una mujer, se habría reído en su cara. Pero si además le hubieran dicho que esa mujer sería Summer Patterson, les habría asegurado que estaban locos.

Cuando se ponía el sombrero, le asaltó un pensamiento repentino. ¿Qué iban a decir sus hermanos cuando se enteraran de su acuerdo con Summer?

No tenía dudas de que le ofrecerían todo su apoyo en cualquiera cosa que hiciera. Pero ese apoyo tendría un precio. Ryder sabía, tan cierto como que el sol se levantaba por el este cada mañana, que tendría que soportar incontables burlas.

Tomó el cepillo del caballo y se dirigió a las cuadras situadas al final del establo. Tendría que soportar las bromas y comentarios de sus hermanos. Como Hank les decía siempre, un hombre vale lo que vale su palabra y esta debía ser tan vinculante como cualquier contrato escrito.

Ryder ató la yegua que había usado Summer a un poste y empezó a cepillarle la piel dorada oscura. Tenía la sensación de que iba a lanzarse por un acantilado a un abismo desconocido, pero había hecho una promesa y prefería escalar desnudo una valla de alambre de espino antes que renegar de ella.

Después de cenar, Summer ayudó a Betty Lou a recoger la cocina y después fue despacio a reunirse con Ryder en la sala de estar. Estaba más nerviosa de lo que recordaba haber estado nunca, pero también decidida a seguir adelante con su plan. Significaba mucho para ella y no iba a dejar que nada se entrometiera en el camino de conseguir la familia que quería.

–¿Quieres ver una película antes de irte a la cama? –preguntó él, apartando la vista del programa de televisión que veía en ese momento–. En uno de los canales de películas hay una comedia que quizá te guste.

–Umm, no, creo que no –repuso ella.

Había tenido todo el día para pensar en lo que iban a hacer y retrasarlo más solo serviría para aumentar su ansiedad y eso podía hacer que perdiera el valor. Miró por encima del hombro hacia la cocina para asegurarse de que Betty Lou se había retirado a su habitación.

–Si no te importa, preferiría que fuéramos a empezar nuestro… proyecto.

Él asintió con la cabeza. Tomó el control remoto, apagó la televisión y se puso en pie. Se acercó a ella y le tocó la mejilla con el dedo índice.

–Querida, ¿estás completamente segura de que esto es lo que de verdad quieres?

–Sí –contestó ella, con la vista fija en uno de los botones de su camisa–. ¿Por qué lo preguntas?

–Porque parece que fueras a afrontar un pelotón de fusilamiento en vez de ir arriba a hacer el amor conmigo –replicó él. Frunció el ceño. Le subió la barbilla con el dedo índice y la miró a los ojos–. Si has cambiado de idea, no pasa nada. Lo entenderé y todo seguirá como si no hubiera pasado nada.

La sinceridad de sus ojos verdes indicaba que hablaba completamente en serio.

–No, no he cambiado de idea –respondió ella

con decisión–. Solo quiero terminar con esta parte para poder dedicarme a esperar a que nazca el niño.

Ryder le puso una mano en la espalda y avanzaron hacia las escaleras.

–Hablas como si pensaras que hacer el amor conmigo va a ser tan placentero como sacarse una muela.

–En absoluto –mintió ella–. Es solo que estoy un poco nerviosa, nada más.

En realidad, estaba muy nerviosa. Él le despertaba deseos largo tiempo dormidos, pero la idea de hacer el amor con un hombre le resultaba extremadamente amedrentadora.

Cuando se detuvo delante de la puerta del dormitorio que había usado ella, él negó con la cabeza.

–Creo que será mejor que vayamos a mi habitación.

Ella sintió un escalofrío en la espina dorsal.

–¿Por qué?

Él le sonrió alentador.

–El dormitorio de Betty Lou está abajo, en este lado de la casa, y quizá no te sientas cómoda con eso.

–Creo que tienes razón –ella se obligó a continuar hacia el dormitorio principal, al final del pasillo.

Cuando entraron en la habitación y él encendió una lámpara, ella intentó no mirar la cama y se concentró en la decoración. Una mezcla de arte nativo americano y grabados del Oeste decoraban las paredes de color verde claro y alfombras alegres de estilo navajo animaban el suelo de madera oscura. La habitación era hermosa y perfecta para Ryder. Él era un vaquero de Texas de los pies a la cabeza y su habitación reflejaba eso.

–Relájate –dijo él. Le rodeó la cintura con los brazos–. Que hagamos esto para tener un hijo no significa que no pueda ser también divertido.

«Este es Ryder. Es tu amigo. Puedes hacerlo».

–No estoy segura de eso –dijo ella sin poder evitarlo. No sabía si respondía al comentario de él o se contestaba a sí misma.

–No te preocupes –él sonrió–. Me aseguraré de que el sexo resulte placentero para los dos.

Bajó la cabeza para rozar los labios de ella con los suyos y Summer sintió una sacudida eléctrica que la confundió. Iba a apartarse, pero él la besó de nuevo y un calor delicioso empezó a acumulársele en el estómago.

Sumida en todas las sensaciones maravillosas que la envolvían e incapaz de comprender por qué las experimentaba, tardó un momento en darse cuenta de que le había apoyado las manos en los pechos.

–¿Qué haces? –preguntó, interrumpiendo el beso.

–Se llaman preliminares, Summer –él la fue besando a lo largo de la mandíbula hasta el cuello y le susurró al oído–: Todo será mucho más fácil y tendremos más probabilidades de éxito si los dos estamos relajados y preparados para hacer el amor.

Su aliento cálido en la oreja le lanzó otra oleada de calor cosquilleante por dentro e hizo que le temblaran las rodillas.

–No había pensado que eso sería necesario –dijo; y se preguntó cómo era posible que sintiera al mismo tiempo excitación y aprensión.

Él se echó hacia atrás para mirarla a los ojos.

–¿Eres virgen, Summer?

Aquello era lo último que ella esperaba que le preguntara.

–No. ¿Por qué?

–Porque nunca te he visto tan nerviosa –él la estrechó contra sí–. ¿Cuánto tiempo hace que no estás con un hombre?

–No creo que eso tenga importancia –repuso ella, que sentía curiosidad por saber qué podía importar su experiencia sexual, o falta de ella–. Pero si tanto te interesa, solo he tenido relaciones sexuales unas cuantas veces, y eso fue en el primer año de universidad.

Ryder asintió.

–Eso explica que estés tan tensa. Apuesto a que el pobre chico no tenía ni idea de lo que hacía ni tú tampoco. Para ti no fue muy bueno, ¿verdad?

–No.

A Summer le resultaba más fácil dejar que creyera eso que confesar la verdad.

–Te prometo que esta vez será distinto –él alzó una mano y le deslizó los dedos por el pelo–. Te doy mi palabra de que te procuraré placer antes que a mí.

A ella le latió con fuerza el corazón.

–No te preocupes por mí, no es necesario que yo…

Él negó con la cabeza y empezó a sacarle la camiseta de la cintura del pantalón.

–No soy un hombre egoísta, Summer. Parte de mi satisfacción será saber que te he ayudado a encontrar la tuya.

Ella cerró los ojos.

«Puedes hacerlo. Solo concéntrate en tu objetivo y puedes hacerlo».

Pero cuando Ryder se movió para alzar el dobladillo de la camiseta para quitársela, ella sintió su erección y cedió a los nervios.

–No… no puedo –empezó a temblar y se apartó de él–. No puedo hacerlo. Creía que podía porque quiero un hijo, pero estaba equivocada. Lo siento. No puedo.

–Más despacio, querida –él le puso las manos en los hombros y la miró a los ojos varios segundos–. Cálmate y dime lo que te pasa.

Summer parpadeó para intentar reprimir las lágrimas.

–No puedo. Quiero hacerlo, pero no puedo.

Ryder tiró de ella hasta la cama, se sentó, la colocó en su regazo y la estrechó contra sí como si fuera una niña.

–Habla conmigo, Summer. Dime qué te pasa.

–Quiero un hijo… pero no puedo… hacer esto, Ryder –ella sollozó sobre el hombro de él.

–No importa, querida –respondió él con gentileza–. Te doy mi palabra de que no ocurrirá nada que tú no quieras que ocurra. Ahora dime por qué tienes tanto miedo.

–Yo estaba... Bueno, yo le dije que no –tartamudeó ella–. Pero él no quiso parar.

Sintió que el cuerpo de Ryder se quedaba un momento completamente inmóvil. Luego habló con tal frialdad que ella sintió un escalofrío por todo el cuerpo.

–Te violaron –dijo.

Ella, que no podía hablar, asintió con la cabeza.

–¿Fue tu primera experiencia? –preguntó él con la misma frialdad.

–No. Fue otra persona –ella respiró hondo–. Le dije que no, pero... era una cita y no sé...

–Da igual que fuera una cita –Ryder movió la cabeza–. No significa no. Si un hombre no hace caso a eso, es violación –la estrechó con fuerza–. ¿Cuándo fue eso, querida?

Summer nunca había hablado de aquello con nadie. Pero, por alguna razón, cuando empezó a hacerlo, le dio la sensación de que no podía parar.

–Fue al final del último año de universidad. Él estaba en mi clase de Comunicación y parecía simpático. Me invitó a salir y acepté –se estremeció–. Resultó ser el peor error de mi vida.

–Por eso no sales con nadie y no te quieres casar, ¿verdad? –preguntó él, que seguía estrechándola contra sí en ademán protector–. Tienes miedo de tener relaciones íntimas con un hombre.

–He intentado superar mis problemas, pero no

estoy cómoda a solas con hombres –repuso ella, tragando saliva con fuerza–. No me fío de ellos.

–Yo soy un hombre y nunca has tenido problemas en estar a solas conmigo –respondió él. Le pasó la mano por el brazo en un gesto tranquilizador.

–Tú eres diferente –dijo ella sin vacilar.

Él se echó hacia atrás para mirarla y ella notó que su sonrisa tenía por objeto aligerar la atmósfera y hacer que ella se sintiera mejor.

–¿Tú qué crees que soy, querida, un viejo caballo castrado?

–No –Summer sonrió por primera vez desde que accediera a las exigencias de él–. Pero eres mi amigo y me fío de ti.

Él se puso serio.

–Y yo te prometo que jamás traicionaré esa confianza, Summer.

Se miraron a los ojos varios segundos.

–Quiero un hijo –dijo ella al fin.

Él asintió.

–Imaginaba que dirías eso.

–¿A dónde vamos desde aquí? ¿Me vas a ayudar aún? –preguntó ella.

–Seguiremos hablando de esto por la mañana –musitó él–. Acabo de recordar que le prometí a mi capataz la noche libre y he olvidado dar de comer a los caballos.

–¿Necesitas ayuda? –preguntó ella, desalentada porque él había evitado contestar a su pregunta.

–No.

Ryder la bajó de su regazo, se levantó de la

cama, la tomó de la mano y salieron del dormitorio principal. La acompañó a su habitación.

–Que duermas bien, querida –le dio un beso breve en los labios–. Nos vemos por la mañana.

Ryder bajó las escaleras con una rabia inmensa. Al pasar por la cocina sacó un par de cervezas frías del frigorífico y salió como una tromba de la casa. Se había esforzado al máximo por no dejar que Summer viera el efecto que le había causado enterarse de la agresión sexual de la que había sido víctima. Lo había hecho, en primer lugar, porque no quería asustarla. Y en segundo lugar, porque el grado de furia que sentía contra aquel hombre lo había asustado mucho.

Entró en el establo, se sentó en un haz de paja, abrió la primera lata de cerveza y se la bebió de un trago. Sabía que la agresión había tenido lugar un par de años antes de que él conociera a Summer, pero eso no le impedía querer buscar al hijo de perra que la había agredido y darle una lección que no olvidara nunca.

Abrió la segunda y tomó un trago. Los hombres de verdad nunca tomaban lo que una mujer no estaba dispuesta a darles. Punto.

Sintiéndose un poco más bajo control, se apoyó en la pared del establo. No le había gustado mentir a Summer sobre lo de dar de comer a los caballos, pero no había podido evitarlo. Necesitaba tiempo y espacio para calmarse y recuperar el equilibrio.

No pudo evitar recordar otra ocasión en la que había sentido el mismo grado de furia y en las consecuencias que había tenido que padecer luego. Acababa de cumplir catorce años y hacía muy poco que lo habían enviado a vivir con una pareja en Fort Worth. Su madre adoptiva era muy amable, pero su padre adoptivo era terrible. Pete Ledbetter era alcohólico, pero conseguía mantener un empleo y de puertas para fuera todo parecía normal. Pero Ryder no había tardado mucho en darse cuenta de que las cosas no eran siempre lo que parecían.

Pete solía mantenerse sobrio durante el día, pero en cuanto salía de trabajar empezaba a beber y no paraba hasta que se quedaba dormido. A la mañana siguiente se levantaba y el ciclo volvía a empezar. Pero había veces en las que Pete se volvía un borracho cruel antes de dormirse y convertía la casa en un infierno. Normalmente dirigía su ira contra su esposa y dejaba en paz a Ryder, probablemente porque, a sus catorces años, este era ya más alto y musculoso que él.

Pero el ciclo se rompió una noche en la que Ryder volvió a casa después de jugar al fútbol y encontró a Ellen Ledbetter sentada a la mesa de la cocina con un ojo morado y un labio reventado. Ella le dijo que Pete estaba de muy mal humor y que él, Ryder, debía desaparecer hasta que su padre adoptivo se quedara dormido.

Quizá la vida de Ryder habría sido diferente si hubiera escuchado a Ellen. Pero, a pesar de su juventud, sentía ya la necesidad de proteger a aquellos que no podían defenderse solos, y cuando Pete entró e intentó volver a golpear a su esposa, Ryder se interpuso entre ellos.

Lo siguiente fue que Pete Ledbetter yacía muerto en un charco de sangre en el suelo de la cocina y él era esposado y transportado a un centro de detención juvenil.

Respiró hondo y terminó la cerveza. Al final le habían retirado el cargo de homicidio involuntario y lo habían enviado al rancho Última Oportunidad, pero el incidente le había cambiado la vida. Desde entonces no había vuelto a pelear con nadie con furia por ningún motivo.

Hasta ese día no le había costado mucho mantener la promesa que se había hecho a sí mismo pero después de que Summer le hablara de su violación, sabía sin ninguna duda que, si hubiera podido tener delante a aquel bastardo, lo habría destruido con sus propias manos. Y eso le preocupaba.

Pero le asustaba todavía más que Summer descubriera que él no era la persona que ella creía que era.

La mera idea de ver repulsión en sus hermosos ojos azules le provocaba un nudo enorme en el estómago. Por eso no quería que ella se enterara nunca de ese incidente. No podía soportar la idea de perderla. Y no tenía ninguna duda de que eso sería lo que ocurriría si ella descubría la verdad sobre él.

Capítulo Cinco

Cuando Summer terminó de ayudar a Betty Lou a preparar sándwiches para un picnic, fue a buscar a Ryder a su despacho. Él estaba ocupado haciendo una lista de las cosas que quería que hiciera su capataz la semana siguiente, en la que él estaría trabajando con ella en un rodeo en Oklahoma. No habían tenido oportunidad de hablar de lo sucedido la noche anterior, pero después de contarle lo de su agresión, ella había pensado mucho y había unas cuantas cosas de las que quería hablarle antes de que salieran del rancho Cañón Azul.

La puerta del despacho estaba abierta. Llamó con los nudillos y entró.

–Ryder, acabo de ayudar a Betty Lou a preparar un almuerzo para nosotros. ¿Tienes tiempo de ir al cañón para otro picnic?

–Me parece una idea estupenda –dijo él con una sonrisa. Se levantó, tomó un papel del escritorio y se acercó a ella–. Tengo que darle esta lista de reparaciones al capataz y aprovecharé para ensillar los caballos –su expresión se volvió seria–. No he querido preguntártelo esta mañana delante de Betty Lou, ¿pero te sientes mejor?

Su interés la conmovió.

–Estoy bien –respondió–. Parece que contarle por fin a alguien lo que pasó ha tenido un efecto catártico para mí.

Ryder frunció el ceño.

–¿No se lo habías dicho a nadie? ¿Por qué no denunciaste la agresión?

–Porque solo quería olvidar que esa noche había existido y porque no estaba segura de que me creyeran, teniendo en cuenta que yo había salido con él.

Ryder la rodeó con sus brazos y la estrechó contra su amplio pecho en un abrazo reconfortante.

–No tendrías que haber llevado esa carga sola durante años.

–Supongo que estaba... avergonzada por haber sido tan ingenua –ella lo abrazó a su vez.

–Tú no hiciste nada de lo que avergonzarte –dijo él–. No fue culpa tuya y no debes pensar que lo fue.

Ella se encogió de hombros y caminó con él en dirección a la cocina.

–Supongo que tienes razón.

–Claro que la tengo –respondió él con vehemencia–. Ahora guarda el almuerzo en las alforjas mientras yo ensillo los caballos y nos vemos en el establo.

Una hora después bajaban de los caballos junto al arroyo pequeño del fondo del cañón. Summer tenía la sensación de haber pasado un hito en su vida. Y confiaba en que Ryder apoyara su decisión y quisiera ayudarla todavía.

–Este sitio me pareció un lugar agradable la última vez –dijo él. Extendió la manta en el mismo lugar donde habían almorzado un par de días antes.

–Me encanta que los árboles estén empezando a cambiar los colores –murmuró ella. Miró las hojas doradas de los álamos–. Creo que el otoño es la estación más bonita del año.

–Tendremos que volver dentro de un par de semanas –comentó él. Se sentó en la manta–. Entonces todos los árboles del cañón tendrán un tono dorado.

–Será un placer –repuso Summer.

Mientras comían, charlaron del próximo rodeo en el que trabajarían los dos y de algunos planes que tenía Ryder para el rancho. A Summer le gustó oír sus proyectos, pero no podía quitarse de la cabeza la conversación que necesitaba tener con él.

Al final decidió que no había un modo fácil de abordarla y respiró hondo.

–Anoche pensé mucho –confesó, mientras recogía los restos del almuerzo–. Y sigo queriendo tener un hijo.

Él colocó los pies en el borde de la manta y apoyó los brazos en las rodillas dobladas.

–Eso fue lo que dijiste anoche.

–¿Tú sigues dispuesto a ser el padre? –preguntó ella.

–Te di mi palabra y eso no ha cambiado –repuso él–, pero no te obligaré a tener que hacer el amor conmigo para quedarte embarazada. Si pides una cita en la clínica, aceptaré lo del semen en el vaso.

Summer notaba que a él no le encantaba la idea,

pero estaba dispuesto a hacerlo para evitar que se sintiera incómoda y mantener su palabra.

–En realidad no es eso lo que quiero que hagas –musitó.

Ryder enarcó las cejas y volvió la cabeza para mirarla.

–¿Qué es lo que dices?

–Estoy cansada de tener miedo –replicó ella, consciente de que era verdad–. No sé cómo te va a sonar esto, pero quiero volver a ser una mujer completa. Si tú estás dispuesto, quiero que me ayudes a superar mi miedo al sexo.

Él la miró sorprendido.

–Comprendo que quisieras pasar por eso para tener un hijo –respondió él–, y también que ya no quieras tener miedo. ¿Pero estás segura de esto?

–Sí.

Ryder guardó silencio un rato.

–¿Te das cuenta de que probablemente necesitemos más de una sesión para que te quedes embarazada?

Summer asintió.

–Soy consciente de ello, pero he pensado bastante en algo que dijiste cuando accediste a ayudarme y me doy cuenta de que la inseminación artificial no es lo que quiero. Quiero que podamos decirle a nuestro hijo que estuvimos juntos porque los dos deseábamos tenerlo.

Ryder vaciló un momento.

–¿Y sigues queriendo empezar inmediatamente? –preguntó.

Summer no tuvo que pensar la respuesta.

–Sí.

–Entonces creo que, en lugar de hospedarte en un hotel, a partir de ahora deberías quedarte conmigo en mi autocaravana –comentó él.

Summer lo miró sobresaltada. Él era uno de los muchos vaqueros y personal de rodeos que preferían viajar con su alojamiento a cuestas en lugar de ir a hoteles.

–Eso tiene una pega –respondió ella–. Todos pensarán que somos novios.

Ryder se echó a reír.

–¿Y qué narices crees que dirán cuando se enteren de que vamos a tener un hijo?

–No lo había pensado –admitió ella.

–Ya sabes cómo es la gente –señaló él–. Se correrá la voz. No es algo que podamos ocultar, y yo tampoco lo voy a intentar. Cuando se empiece a notar tu embarazo, diré a todo el mundo que soy el padre, no quiero que parezca que ha sido un accidente y que nos veíamos a escondidas.

–Está bien –respondió ella. Después de todo, él tenía razón. Ella tampoco quería que la gente pensara que su hijo era el error de una aventura clandestina–. Supongo que eso es todo.

Ryder negó con la cabeza.

–No. Falta un detalle. Tenemos que empezar a actuar como una pareja –declaró él.

–¿Por qué?

–Es más fácil hacer eso que intentar explicarlo todo –él se inclinó y la besó en los labios–. Además, la gente pensará que somos pareja y es mejor seguir la corriente.

–¿Eso significa que seremos afectuosos con el otro en público? –preguntó ella. Le había gustado el beso y el cosquilleo que le había producido por todo el cuerpo.

–Sí. Es lo que hace la gente cuando son pareja.

Summer arrugó el ceño.

–¿Crees que podremos ser convincentes?

–Veamos –respondió él.

Volvió a besarla, pero esa vez no fue un roce suave en los labios, un beso casi de amigos. Esa vez fue el beso de un hombre que pide a una mujer que confíe en él y le deje mostrarle que no hay razón para tenerle miedo al sexo.

Summer cerró los ojos y se obligó a relajarse y disfrutar de la caricia. Por primera vez en años necesitaba sentirse de nuevo como una verdadera mujer y no como la mujer asustada en que se había convertido después de la agresión.

Ryder la provocó con la lengua hasta que ella entreabrió los labios con un suspiro y él deslizó la lengua en su boca y empezó a explorarla. Summer no intentó evitarlo. Había esquivado tanto tiempo a los hombres, que había olvidado lo agradable que era volver a sentirse segura en brazos de uno.

–No creo que tengamos problemas para convencer a nadie de que somos algo más que amigos –dijo él cuando terminó el beso.

–Ahora no hay nadie aquí a quien convencer –respondió ella sin aliento–. ¿Por qué...?

–Me ha parecido que necesitábamos practicar –él sonrió–. Además, necesitabas que te recordaran que besarse es divertido.

Se puso en pie y le tendió la mano. Summer le dio la suya y con ella también su confianza. Habían cruzado una línea en su amistad y ya no había vuelta atrás. Lo único que les quedaba por hacer era seguir adelante y ver adónde los llevaba aquel nuevo giro en su relación.

Cuando volvieron al rancho, Ryder gimió para sus adentros al ver el todoterreno de Lane aparcado al lado del suyo propio.

–Parece que uno de mis hermanos va a ser el primero en descubrir el nuevo giro que ha dado nuestra amistad –comentó cuando desmontaban.

–¿Crees que quedará convencido? –preguntó ella.

Ryder rio, soltando así parte de la tensión que se le había acumulado en los hombros.

–La otra noche en la fiesta no pude convencer a ninguno de ellos de que éramos solos amigos, así que no, no creo que sea problema hacerle creer que hay algo más entre nosotros –hizo una pausa–. Pero no vendría mal que le probáramos nuestro cariño mutuo.

–En otras palabras, ¿quieres que no me asuste si me rodeas con el brazo? –inquirió ella.

–Ni cuando nos besemos delante de él –asintió Ryder.

Le pasó un brazo por los hombros y echaron a andar hacia la casa. Cuando entraron en la cocina, encontraron a Lane sentado a la mesa tomando una taza de café con Betty Lou.

–Hola –dijo–. Empezaba a pensar que me iba a tener que ir sin veros –se puso en pie y saludó a Summer con una inclinación de cabeza–. Me alegro de volver a verte.

–Lo mismo digo, Lane –la joven sonrió a Ryder–. Mientras charlas con tu hermano, voy a subir un rato al jacuzzi antes de ayudar a Betty Lou con la cena.

Ryder la atrajo hacia sí y la besó en los labios. Se dijo que lo hacía por su hermano, pero cuando los labios de ella respondieron, supo que era mentira. El beso que habían compartido debajo del álamo lo había dejado con ganas de volver a besarla y no había podido resistir la oportunidad.

–Nos vemos en un rato, querida –murmuró.

Cuando ella salió de la estancia, él miró a Lane y estuvo a punto de soltar una carcajada. Para ser un jugador de póquer profesional que se enorgullecía de ser capaz de no mostrar emociones, Lane estaba fracasando de un modo miserable. Por su cara parecía que acabaran de aplicarle un hierro eléctrico de marcar ganado. Y lo mismo se podía decir de Betty Lou.

–¿Qué? –preguntó Ryder.

La primera en recuperarse fue el ama de llaves. Se levantó, se acercó a él y le dio una palmadita en la mejilla.

–Me alegra que hayas despertado por fin –sonrió de oreja a oreja–. Esa chica y tú vais a hacer muy buena pareja.

La mujer entró en la despensa y Ryder vio que su hermano sonreía como un tonto.

–¿Qué pasa? –preguntó Ryder.

–¿Por qué no agarramos un par de cervezas y vamos un rato a tu despacho? –preguntó Lane–. Allí puedes decirme una vez más que Summer y tú solo sois buenos amigos y yo puedo decirte una vez más que eso es mentira.

–Ya veo que te vas a poner en plan idiota con esto, ¿verdad? –gruñó Ryder.

Sacó dos cervezas del frigorífico y echaron a andar hacia el despacho.

–¡Oh, sí! Pero tú no esperarías menos de mí –replicó Lane. Se sentó en el sillón enfrente del escritorio–. Si tuvieras ocasión, tú harías lo mismo por mí.

Ryder asintió con una sonrisa.

–Puedes apostar a que sí.

Lane tomó un trago de cerveza.

–¿Cuál es la historia entre Summer y tú? –miró a Ryder con suficiencia–. Teniendo en cuenta que Betty Lou se ha sorprendido tanto como yo, asumo que acabáis de empezar a salir.

Ryder apoyó los pies en el borde del escritorio, cruzó las piernas a la altura de los tobillos y se recostó en su sillón.

–Hemos empezado a mostrarnos como algo más que amigos en los dos últimos días –frunció el ceño–. Al parecer, vosotros visteis algo en la fiesta que yo no vi porque no empezamos a hablar de ir más allá hasta que volvimos aquí.

Su hermano asintió.

–Yo la vi mirándote y noté que amistad era lo último que ella tenía en la cabeza.

–Está bien –Ryder alzó las manos en el aire en un gesto de rendición. No pensaba decirle a Lane que ella sí tenía algo más en la cabeza. Que en la fiesta lo miraba para valorarlo como semental, no como posible enamorado–. Yo me equivoqué y todos vosotros acertasteis. ¿Eso te hace feliz?

–No te imaginas hasta qué punto –respondió Lane–. La próxima vez que Bria dé una cena familiar, tendrás que someterte a un interrogatorio colectivo.

–Pero basta ya de hablar de mí –dijo Ryder–. ¿Cómo te va a ti?

–Cuando os fuisteis de la fiesta la otra noche, Bria decidió que todos teníamos que llevarnos tarta a casa y yo me ofrecí a traerte tu parte de camino a Shreveport –Lane miró su reloj–. Y eso me recuerda que tengo que ponerme en marcha para llegar al casino.

–¿Esta semana tienes otro torneo? –preguntó Ryder.

–Esta vez no –Lane dejó su botella de cerveza semivacía en el escritorio–. Es una cosa extrañísima. La semana pasada me llegó una invitación para una partida privada con Ben Cunningham.

Ryder conocía el nombre de uno de los jugadores de póquer profesionales más famosos del mundo.

–Creía que Cunnigham se había retirado –comentó.

–Yo también –Lane se levantó–. Pero no voy a rechazar la oportunidad de jugar con el que se supone que es el mejor jugador en la historia del póquer.

–No me extraña –Ryder lo siguió por el pasillo en dirección a la cocina–. No te invitan todos los días a jugar con una leyenda. Buena suerte.

–Gracias, pero ya sabes que yo no confío en la suerte. Es demasiado veleidosa. Prefiero confiar en mi destreza. Al menos así tengo alguna posibilidad de ganar –miró al ama de llaves, que estaba de pie al lado de la encimera cortando verduras–. Cuídate, Betty Lou, y si tienes algún problema con este gamberro, llámame y yo le daré su merecido.

–¿Tú y quién más? –Ryder rio y lo siguió al porche.

–Este fin de semana trabajas en un rodeo de una feria de condado de Oklahoma, ¿no? –preguntó Lane, ya serio.

Ryder asintió.

–¿Por qué?

–Nate y Jaron piensan competir en los apartados de montar el toro y montar a pelo. Creo que deberías vigilar un poco a Nate –miró los escalones–. Me parece que no está muy en forma últimamente.

–¿Qué le pasa? –de todos los hermanos, Nate era el que menos en serio se tomaba la vida y Ryder no podía imaginar nada que lo desanimara mucho tiempo seguido.

–Esa enfermera con la que salía en Waco rompió con él el día después de la fiesta y no se lo ha tomado muy bien.

–¿Orgullo herido? –preguntó Ryder, sorprendido por la noticia.

Que él supiera, era la primera vez que dejaban a Nate. Normalmente, era él el que provocaba la ruptura cuando creía que las cosas empezaban a ir demasiado en serio.

–No estoy muy seguro –repuso Lane–. Cuando Nate hablaba de ella, había algo en él que me hacía pensar que había empezado a sentir más por ella que por ninguna otra mujer.

–Estaré pendiente de él –prometió Ryder.

Lane subió a su vehículo y Ryder lo observó alejarse. Su instinto protector estaba ya en alerta máxima. Un toro y un corazón roto no eran una buena combinación. Todos habían aprendido eso unos meses atrás, cuando un toro había atropellado a Sam en un rodeo.

El accidente había conducido a que Bria y su hermano resolvieran sus problemas matrimoniales, pero Ryder no quería ver a otro de sus hermanos herido de gravedad como consecuencia de una ruptura romántica.

–Me estoy haciendo demasiado viejo para esto –murmuró. Se volvió para entrar en la casa.

Pero sabía que, mientras le quedara aliento en el cuerpo, haría todo lo posible por mantener a su familia sana y salva. Y eso incluía a Summer y a su hijo aún por concebir.

Summer acababa de terminar de hacer el equipaje cuando oyó a Ryder gritar abajo. Corrió al pasillo y oyó ruido de cristales rotos, acompañado de una maldición gutural. Bajó las escaleras a toda velocidad. El corazón le latía con fuerza en el pecho. ¿Qué podía haber pasado? ¿Estaría herido?

–¿Alguien quiere quitarme a este maldito gato de encima? –gritó Ryder cuando ella lo encontró al pie de las escaleras.

Giraba como un derviche mientras intentaba extender la mano tras de sí, hasta donde Lucifer se agarraba con fuerza en la mitad de su espalda. El gato arañaba y bufaba casi tan alto como las maldiciones que lanzaba Ryder.

–No te muevas –ordenó Betty Lou, que salió corriendo de la cocina.

Esquivó los trozos de cristal del jarrón que habían tirado Ryder y Lucifer de una mesa del vestíbulo e intentó soltar con cuidado las uñas del felino de la camisa de Ryder. Cuando tuvo al gato en sus brazos, hizo una seña a Summer.

–Voy a calmar a Lucifer y a recoger los cristales. Tú mira a ver si puedes tranquilizar a Ryder –le dijo.

–¿Estás bien? –preguntó la joven–. ¿Te has cortado con los cristales?

–No, estoy bien –él hizo una mueca–. Juro que

ese gato me odia. Y yo estoy empezando a pagarle con la misma moneda.

–Quítate la camisa –ella había visto algunas gotas de sangre en la prenda–. Te sangra la espalda.

–Estoy bien –insistió él–. Solo son unos rasguños.

–No pienso discutir contigo, Ryder –¿por qué tenían que ser los hombres tan tercos en esos temas?

–De verdad, querida, no es nada serio.

Summer perdió la paciencia. Lo tomó de la mano y tiró de él.

–Siempre que se rompe la piel, se puede infectar la herida. Hay que poner antiséptico en los arañazos.

–No entiendo a qué viene tanto alboroto –protestó él cuando entraban en su dormitorio. Encendió la lámpara de la mesilla–. Pero si insistes, creo que hay antiséptico en el botiquín del baño.

–Quítate la camisa mientras voy a buscarlo.

Cuando Summer encontró el antiséptico y volvió al dormitorio, se detuvo en seco al ver a Ryder sentado sin camisa en el extremo de la cama. Pensó que, en sus veinticinco años de vida, nunca había visto un ejemplar de hombre tan apuesto. Había sentido los músculos duros que escondía bajo las camisas de cuadros que llevaba, pero nada la había preparado para la perfección de su pecho bien definido y de sus músculos abdominales bien esculpidos.

–Summer, ¿te pasa algo?

Ella negó con la cabeza, avergonzada.

–Estaba pensando si debía ir a buscar vendas.

–No –él se volvió para que le pusiera el antiséptico–. Tampoco creo que necesite que me untes eso, pero si va a hacer que te sientas mejor, adelante.

–¿Tú no dijiste que siempre alzabas la vista para ver dónde estaba Lucifer cuando pasabas por la escalera? –preguntó ella para distraerse.

La sensación de la piel cálida y firme de él bajo los dedos le produjo un cosquilleo agradable en el bajo vientre y habría jurado que la temperatura de la habitación había subido varios grados.

–Normalmente procuro saber dónde está –Ryder se encogió de hombros–. Supongo que me he distraído. Estaba preparándolo todo para salir mañana temprano.

–Eso me recuerda que tengo que poner la alarma –dijo ella.

–No te preocupes por eso. Yo solo tendré que darme la vuelta para despertarte.

Summer contuvo el aliento. Ryder se volvió a mirarla y aunque Summer pensaba que iban a esperar a estar en la caravana para hacer el amor, cuando los ojos verdes de él se posaron en los suyos, comprendió que seguramente era mejor que no hubiera tenido tiempo de anticipar su primera vez juntos. Había muchas posibilidades de que, si lo sabía con mucha antelación, su nivel de ansiedad subiera hasta el cielo y volviera a perder los nervios.

Respiró hondo y asintió.

–Voy a buscar mi pijama.

–He pensado en cuál sería el mejor modo de hacer que vayas superando el miedo –comentó él–. Y creo que se impone un compromiso. Te dije que a mí me gusta dormir desnudo y parecer ser que a ti te gusta taparte de arriba abajo –sonrió de un modo que hizo que a ella se le erizara la piel–. Yo dormiré en calzoncillos y tú puedes usar las bragas y una camiseta mía de tirantes.

A Summer le latió con fuerza el corazón.

–¿Cómo vas a conseguir así que venza mi miedo al sexo?

Ryder le besó la parte superior de la cabeza y soltó una risita.

–¿Qué suele llevar la gente cuando hace el amor?

–Nada.

Ryder asintió.

–Y estoy seguro de que eso te preocupa mucho.

–Umm... bueno, me pone un poco nerviosa pensar en ello –admitió ella.

–¿No crees que para ti será más fácil al principio que nos acostemos con algunas prendas que si lo hacemos desnudos?

Summer no se había permitido pensar en ellos dos desnudos juntos antes y no estaba segura de querer hacerlo todavía.

–Seguramente tienes razón.

Él le puso el dedo índice debajo de la barbilla para alzarle la cara y poder mirarla a los ojos.

–¿Todavía confías en mí, Summer? –preguntó con voz ronca.

Ella respondió sin vacilar:

–Sí.

–Entonces probemos lo que te he dicho –él sonrió–. Si no funciona, siempre podemos acabar pidiéndole una cita al médico.

La puso de pie, se levantó a su vez y se acercó a la cómoda, donde abrió uno de los cajones.

–Toma –le pasó una camiseta blanca de tirantes–. Mientras te cambias y te metes en la cama, yo bajaré a apagar las luces.

Summer lo observó salir, sabiendo que él quería darle tiempo para asimilar su razonamiento. Y tenía que admitir que la idea de él tenía sentido. Pero cuando entró en el baño para dejar el antiséptico en su sitio y ponerse la camiseta de él, no tenía mucha confianza en el plan de Ryder.

Se cambió deprisa y acababa de meterse en la cama y de taparse hasta la barbilla cuando él entró en el dormitorio y cerró la puerta.

–¿Ha recogido Betty Lou los cristales? –preguntó ella–. Tendría que haberla ayudado.

–Cuando he bajado lo tenía todo recogido y estaba dándole un regalito a Lucifer –movió la cabeza y se sentó en la cama a quitarse las botas–. ¿Te lo puedes creer? Él me usa como poste para afilarse las uñas y ella lo premia por ello.

Summer le agradecía que hablara como si mantuvieran una conversación en un café y no como si se dispusieran a acostarse juntos. Eso la ayudaba a no pensar en lo que estaba a punto de suceder.

–¿Tú querías que Betty Lou te premiara a ti? –preguntó, y no fue capaz de reprimir una risita nerviosa.

Ryder la miró por encima del hombro y sonrió.

–Me alegra que te rías a mi costa –se incorporó y se quitó los vaqueros–. Pero olvidas una cosa.

–¿Qué? –preguntó ella, mirando cómo él dejaba caer los vaqueros hasta los tobillos.

–Hay algo que se llama venganza –él terminó de quitarse la prenda y se volvió para tumbarse en la cama a su lado–. Y da la casualidad de que yo sé muy bien cómo igualar el marcador.

Summer sintió un momento de aprensión. Luego él empezó a hacerle cosquillas y ella se echó a reír.

–Para –gritó, intentando apartarse.

Él dejó de sonreír y detuvo los dedos en el cuerpo de ella. La miró a los ojos.

–Te voy a besar.

A ella se le aceleró el pulso. Pero cuando sus labios se encontraron, cerró los ojos y se concentró en el beso. Él la besaba con una ternura y un cuidado que hicieron que se le llenaran los ojos de lágrimas.

Ryder movió la lengua para inducirla a abrir los labios y, cuando lo hizo, el contacto de su lengua le envió una corriente eléctrica hasta todas las terminaciones nerviosas del cuerpo a Summer. Pero en lugar de acariciarle los rincones más íntimos, como esperaba ella, Ryder inició un juego de avance y retroceso, como retándola a explorar a su vez. Cuando ella así lo hizo, sintió que el cuerpo grande de él se estremecía cuando la lengua de ella entró en su boca y empezó a jugar.

Inmersa en la increíble sensación de estar al

mando, tardó un momento en darse cuenta de que él le movía la mano a lo largo del costado. Cuando se detuvo en la parte inferior de los pechos antes de tomar su peso en las palmas, Summer contuvo el aliento. La camiseta de algodón blanco era la única barrera entre su pezón erecto y la mano encallecida de él, pero en lugar de sentir pánico, un calor delicioso empezó a extendérsele por el estómago.

Las placenteras sensaciones podrían haber continuado de no haber movido ella la pierna y entrado en contacto con la prueba dura de su excitación, que presionaba los slips. El corazón le dio un vuelco. Interrumpió el beso y esperó a ver qué ocurría a continuación.

Para su sorpresa, en lugar de ir más allá, Ryder siguió acariciándole el pecho mientras le daba un beso breve. Después apartó la mano y le susurró al oído.

–No temas, querida. Yo tengo el control.

–¿Vas a...? ¿Vamos a...?

Él la abrazó y rodó hasta quedar de espaldas.

–Esta noche no.

Summer no pudo entender los sentimientos repentinos que la embargaron. Por una parte, le aliviaba que no fueran a hacer el amor. Y por otra, sentía una leve decepción.

–¿Por qué no? –preguntó sin poder evitarlo.

–Porque no estás preparada –él alzó la mano para apagar la lámpara de la mesilla.

–Pero tú sí.

–Eso no importa –él soltó una risita y tapó a ambos con el edredón–. No haremos el amor hasta que estemos preparados los dos –le dio un beso en la cabeza, que ella apoyaba en su hombro–. Y ahora te sugiero que duermas porque la mañana llegará antes de que te des cuenta.

Mucho después de haber empezado a oír los ronquidos suaves de Ryder, Summer yacía despierta pensando en el plan de él para ayudarla a superar sus miedos. No quería meterle prisa. Le iba a dar el tiempo que necesitara para acostumbrarse a la idea de dormir juntos y a que él la abrazara y tocara. Una emoción desconocida empezó a extendérsele por el pecho. ¿Cuántos hombres harían eso por una mujer? ¿Cuántos serían tan comprensivos?

Se acurrucó contra él, sintiéndose más segura que nunca en los últimos años. Pero cuando empezaba a hundirse en un sueño pacífico, lo último que pensó fue que Ryder y ella habían alcanzado un punto importante en su relación, un punto que ninguno de los dos había visto venir y que ya no tenía marcha atrás.

Capítulo Seis

–Nate, tienes pinta de no saber si has perdido un caballo o encontrado un ronzal –dijo Ryder cuando vio a su hermano apoyado en la valla exterior de la arena.

Nate, que solía ser el más despreocupado de todos los hermanos, ese día no parecía tener la cabeza en el rodeo y eso podía ser un desastre para un montador de toros.

–¿Qué te ocurre? –preguntó Ryder.

–Nada –contestó Nate. Alzó la vista y cambió la expresión seria por una sonrisa–. Solo estaba revisando mentalmente todo lo que sé del toro que me ha tocado hoy, nada más.

A la mayoría de la gente le habría parecido que era sincero, pero Ryder lo conocía muy bien. En los ojos de su hermano había una sombra que no estaba allí antes y su sonrisa parecía forzada.

Ryder se apoyó en la valla al lado de su hermano y se cruzó de brazos.

–¿Quieres hablar de ello?

–No –Nate no intentó negar que le ocurría algo más y no pensaba solo en el toro que le había tocado.

Ryder no esperaba que su hermano se abriera fácilmente y no era su estilo insistir.

–Sabes que te cuidaré las espaldas ahí dentro, pero, por si acaso, pon la cabeza en el trabajo o lárgate. No tiene sentido que uno de los dos acabe herido si no estás preparado –dijo.

La sugerencia de que Nate renunciara a montar el toro cuando llegara su turno produjo el resultado esperado. La mirada de Nate se llenó de determinación.

–¡Y unas narices! –replicó. Se apartó de la valla–. Nunca he rechazado un toro y no voy a empezar ahora –enderezó los hombros y sonrió a Ryder con la chulería de siempre–. Más vale que seas tú el que siga tu propio consejo y tengas más cuidado. Es a ti al que espera una chica sexy cuando se acabe esto.

–Has hablado con Lane, ¿verdad? –preguntó Ryder.

Nate asintió. Metió la mano detrás del muslo para abrocharse las hebillas de la pernera de cuero y a continuación repitió el procedimiento con la otra pierna.

–Sí. Lane era el que guardaba el dinero de la porra.

–¿Cuál era la apuesta y quién de vosotros la ganó?

A Ryder no le sorprendía nada que sus hermanos hubieran apostado a su relación con Summer. Todos apostaban entre ellos a casi todo. Siempre lo habían hecho y probablemente siempre lo harían.

–La apuesta era cien pavos cada uno a cuánto tiempo tardarías en despertar –respondió Nate, con una carcajada–. Ganó Jaron.

–¿Qué gané yo? –preguntó el aludido, acercándose a ellos.

–La porra en la que apostasteis cuándo despertaría y me daría cuenta de que Summer era algo más que mi mejor amiga –Ryder movió la cabeza–. ¿Y cuál es la siguiente apuesta?

–Cuándo os vais a casar –respondieron Nate y Jaron al unísono.

–Yo he puesto Acción de Gracias –prosiguió Jaron sonriente.

Nate asintió.

–Yo te agradecería que pudieras esperar hasta Navidad. Me vendría bien el dinero para comprar regalos.

–Sugiero que los dos esperéis sentados ese acontecimiento –gruñó Ryder. Se volvió hacia su autocaravana para ir a cambiarse–. Porque es posible que os canséis mucho antes de que eso suceda.

Se cambió la ropa que llevaba por el uniforme de trabajo que les daba uno de los patrocinadores de la Asociación de Rodeos. Se ató las botas de correr, tomó su sombrero negro de cowboy y volvió a la arena. Divisó a Summer, que indicaba a los fotógrafos dónde podían colocarse para tomar fotos sin correr peligro.

La miró y pensó que era increíblemente buena en su trabajo. Todos los rodeos que coordinaba funcionaban como una máquina bien engrasada y nadie tenía ninguna duda de quién estaba al cargo. Ella era la personificación de la seguridad en sí misma y no tenía ningún problema en dar órdenes a hombres que le doblaban el tamaño. Por eso le había sorprendido tanto descubrir que esa fuerza y esa seguridad no se extendían también a su vida personal.

No pudo reprimir una mueca al pensar en su papel para ayudarle a recuperar el valor en aquel aspecto de su vida. Las últimas noches había yacido despierto abrazándola, con el cuerpo pidiéndole que se introdujera en la suavidad de ella. Pero le había prometido que tendrían que estar listos los dos antes de llevar las cosas un paso más allá y no estaba dispuesto a traicionar esa confianza por mucho que le doliera el cuerpo.

Por suerte no creía que pasaría mucho más tiempo hasta que ella se sintiera lo bastante cómoda para hacer el amor. Si el modo en que se acurrucaba contra él por la noche servía de indicación, ella confiaba plenamente en él.

–Hola, vaquero –dijo ella cuando alzó la vista y lo vio observándola–. ¿Estás preparado para el baile?

Ryder asintió.

–Sí. Bailador con toros a tu servicio, señorita.

Ella alzó la mano y le quitó una pelusa de la camisa negra.

–Me alegra que la Asociación de Rodeos decidiera que los luchadores llevéis sudaderas y pantalones cortos de atletas. El trabajo que haces es demasiado importante para vestir como un payaso.

–Sí, supongo que es difícil tomarse en serio el trabajo de un hombre que lleva más maquillaje que la mayoría de las mujeres –contestó él con una sonrisa.

–Pues ahora que lo mencionas, eso es un factor –Summer soltó una risita. Luego se puso seria–. Por favor, ten cuidado.

Cuando anunciaron por los altavoces que el siguiente espectáculo sería la monta de toros, Ryder bajó la cabeza y la besó en los labios.

–No te preocupes por mí. Entiendo a esos toros mejor que a la mayoría de la gente.

Se volvió y entró en la arena. Tomó posición al lado de la puerta, concentrado en la tarea que tenía ante sí. Había un par de docenas de vaqueros, incluidos dos de sus hermanos, que contaban con que los protegiera de animales que no tenían otra cosa en mente que acabar con la persona que tenía la audacia de intentar montarlos.

–Buena suerte –gritó cuando vio a Jaron en el primer grupo de montadores.

–Gracias –contestó su hermano. Agitó la mano en el aire–, las voy a necesitar con este.

Ryder se adelantó cuando Jaron montó a su toro con éxito durante los ocho segundos completos. Esquivó con astucia los cuernos afilados del animal y se aseguró de que su hermano tuviera tiempo de saltar la valla y ponerse a salvo antes de llevar al toro hacia la puerta abierta que lo sacaba de la arena.

–Gracias, hermano –dijo Jaron. Saltó de la valla al suelo para recoger la soga y esperar a que pusieran su puntuación.

–De nada –respondió Ryder con una sonrisa.

A medida que avanzaba la tarde, otro luchador de toros y él consiguieron distraer a un toro furioso tras otro e impedir que los animales pisotearan o cornearan a los montadores. Cuando solo quedaba un toro que montar, Ryder vio a Nate subir a lomos de Tren de Carga, un toro grande y negro famoso por arrollar a todos los que tenían la desgracia de interponerse en su camino.

Confió en que su hermano estuviera concentrado en lo que hacía, pero cuando Nate asintió para indicar que estaba preparado y se abrió la puerta, Ryder vio enseguida que Nate tenía problemas. No mantenía el equilibrio bien y cuando el toro dio una vuelta, Nate cayó. La parte interna del giro era una de las posiciones más peligrosas en las que podía encontrarse un montador de toros, y para empeorarlo todo aún más, Nate tenía la mano enganchada en la soga del toro.

Ryder entró en acción sin pensar para nada en su propia seguridad, y mientras el otro luchador intentaba distraer al animal y sacarlo del giro, él se colocó al lado del toro y trabajó en la soga para soltar la mano de Nate.

Por suerte, este había conseguido recuperar el equilibrio cuando el toro había dejado de girar y había cambiado de dirección para perseguir al otro luchador. Pero cuando Ryder terminó por fin de soltarle la mano, Nate cayó de rodillas, lo cual lo dejaba completamente indefenso si el toro decidía volver su atención al hombre que había intentado montarlo.

–¡Levántate, Nate! –gritó Ryder cuando el toro se volvía hacia él.

Golpeó el hocico del toro para que este se fijara en él y siguió jugando con él hasta que estuvo seguro de que Nate estaba a salvo. Solo entonces maniobraron su compañero y él para llevar al toro hacia la puerta abierta que salía de la arena y lo devolvía a los toriles.

Ryder estaba furioso con Nate por haber intentado montar al toro cuando tenía la cabeza en otra parte y se alegró cuando terminó el rodeo por ese día. Salió corriendo de la arena, con intención de buscar a su hermano y echarle una buena regañina por haberlos puesto a los dos en más peligro del que era necesario.

–¡Gracias a Dios que has salido de ahí ileso! –gritó Summer corriendo hacia él.

Ryder se detuvo al ver que ella temblaba. Olvidó inmediatamente su problema con Nate para abrazarla y estrecharla contra sí.

–Estoy bien –se echó hacia atrás para mirarla y le apartó un mechón de pelo color miel de la mejilla–. Tú me has visto en situaciones mucho peores. ¿Qué es lo que te ha asustado de esta?

–No estoy segura, pero... –ella frunció el ceño un momento, como si su reacción le sorprendiera tanto como a él–. Me ha dado la impresión de que tardabais siglos en liberar a Nate y en estar todos a salvo.

–Pero lo hemos hecho bien –le aseguró Ryder–. Aunque cuando tenga oportunidad, hay algunas cosas que quiero decirle a Nate y quizá él no esté tan bien.

–Creo que Jaron y él van ya camino de la sala de entrenamiento a recoger sus cosas –repuso ella–. ¿Compite también mañana?

Ryder asintió.

–Lo veré entonces –la besó y se apartó–. Por el momento, prefiero darme una ducha y cambiarme para la barbacoa y el baile.

–Te estaré esperando –su dulce sonrisa de y la promesa que transmitían sus ojos azules le llevaron una oleada de calor al bajo vientre a Ryder.

Cuando se volvió hacia la zona de acampada, le ocupaba la mente un pensamiento. Si solo se necesitaba una sonrisa para despertarle la libido, estaba en un buen aprieto. Tenía por delante otra velada interminable de besarla y abrazarla sin poder hacerle el amor.

Movió la cabeza.

Entró en la autocaravana y fue directo a la ducha y al grifo del agua fría.

–Va a ser una noche larga –murmuró cuando se desnudó y se metió bajo el chorro. Soltó un respingo–. Una noche muy, muy larga.

Una de las muchas cosas que le gustaban a Summer de su trabajo era que en casi todos los rodeos había una barbacoa y baile el sábado por la noche. Daba igual en qué ciudad estuvieran, siempre aparecían mesas llenas con comida de todo tipo, el olor a leña quemada impregnaba el aire y una banda de música tocaba en directo. Esa noche no era diferente… excepto por un pequeño detalle… Esa noche no estaba con Ryder como amigo sino como su pareja.

Curiosamente, a nadie había parecido sorprenderle ese cambio en su relación. Ni siquiera cuando llegaron juntos de la mano o cuando eligieron una mesa para ellos solos.

Después de tomar una de las cenas más deliciosas que podía recordar, Ryder y ella miraron al grupo afinar sus guitarras y ajustar los micrófonos en preparación para el baile. Summer alzó la vista y vio que él le sonreía.

–¿Tienes idea de lo hermosa que eres? –preguntó Ryder. Le cubrió con la suya la mano que ella apoyaba en la mesa.

A la joven le dio un vuelco el corazón al sentir la mano cálida y callosa de él. Un cosquilleo agradable se le extendió por el cuerpo.

–Gracias –sonrió–. Tú tampoco estás nada mal, vaquero.

Se dio cuenta de que estaban flirteando y contuvo el aliento. ¿Eso era parte del plan de Ryder? ¿Interpretaban un papel para sus compañeros de trabajo?

Miró a su alrededor y decidió que no. No había ningún conocido lo bastante cerca para oír su conversación. Frunció el ceño. Se daba cuenta de que para ella el coqueteo había sido muy real.

Antes de que pudiera seguir pensando en ello,

Ryder se levantó cuando la banda de música empezaba a tocar una canción lenta y le tendió la mano.

–¿Me concedes este baile?

Ella lo miró y se le aceleró el pulso. Le tomó la mano, intentando procesar lo que ocurría entre ellos. Él la ayudó a levantarse y la guio a la pista de baile; la tomó en sus brazos y la estrechó contra sí. Summer no lo pensó dos veces. Le rodeó la cintura con los brazos y le pareció lo más natural del mundo apoyar la cabeza en su pecho.

Mientras se movían al ritmo de la música, Summer tenía la sensación de que el mundo se reducía a ellos dos y no recordaba haberse sentido nunca tan a gusto como en aquel momento. Por primera vez en mucho tiempo sentía que estaba donde debía estar. Eso solo ya debería haberla asustado bastante. Pero no era así. Sabía sin ninguna duda que Ryder jamás haría nada para causarle daño, ni a nivel físico ni a nivel emocional. Él era su refugio.

–¿Estás bien? –le susurró Ryder al oído–. No te asusto, ¿verdad?

Ella había yacido en sus brazos las últimas noches. Había sentido el cuerpo de él endurecido por el deseo y Ryder no había intentado presionarla ni una sola vez para que hicieran el amor. Echó atrás la cabeza para mirarlo y negó con la cabeza.

–Confío en ti más de lo que he confiado nunca en nadie. Y dudo de que haya nada en ti que me pueda asustar.

Cuando terminó la canción, él la miró a los ojos.

–¿Quieres seguir aquí y bailar más o crees que

estás preparada para volver a la autocaravana? –preguntó.

En sus ojos había una chispa de necesidad que la dejó sin aliento. De pronto se dio cuenta de que él le preguntaba si estaba lista para algo más que para volver a la caravana a pasar la noche. Le preguntaba si estaba preparada para hacer el amor.

Respiró hondo una vez y luego otra sin dejar de mirarlo a los ojos. Con Ryder estaba segura y no le cabía ninguna duda de que, si decía que no estaba lista, él aceptaría su decisión. ¿Pero era eso lo que ella quería?

–Creo que estoy lista para irme –contestó al fin.

Ryder cerró los ojos un momento, la besó en los labios, la tomó de la mano y la guio entre la multitud.

Cuando llegaron a la autocaravana, abrió la puerta y la ayudó a subir los escalones. El lujoso vehículo estaba mejor equipado que ninguna habitación de hotel y ella entendía que Ryder prefiriera estar allí. Era un hogar lejos del hogar.

Ryder cerró la puerta y se volvió inmediatamente hacia ella.

–¿Sabes que te preguntaba si estás lista para volver a intentar hacer el amor? –inquirió. Le dio una serie de besos pequeños a lo largo del cuello.

Su alieno cálido hacía estremecerse a Summer. Se le doblaron las rodillas como si fueran de goma.

–Sí.

–No quiero que te sientas presionada –él le tomó la cara entre las manos–. ¿Estás segura?

Ella asintió.

–Sí.

La sonrisa de él le elevó varios grados la temperatura del cuerpo.

–Si necesitas frenar en algún momento o quieres parar, me lo dices.

–Lo haré.

Ryder bajó la cabeza y la besó de un modo que le provocó calambres en las terminaciones nerviosas e hizo que se le congregara calor en el bajo vientre. Luego, sin decir palabra, la tomó de la mano y la guio por los escalones hasta el dormitorio, situado en la parte delantera de la autocaravana.

–¿No vas a encender la luz? –preguntó ella, cuando él se arrodilló para quitarle las botas.

–No a menos que tú quieras que la encienda –la voz baja y sensual de él hizo que ella se derritiera por dentro–. Yo quiero todo lo que te haga sentirte cómoda con lo que hacemos.

Summer asintió.

Ryder terminó de quitarle las botas, se quitó también las suyas y la abrazó.

–Creo que de momento estoy bien con la luz apagada –musitó ella.

–De acuerdo, querida. Él le besó la mejilla y después el cuello y la base de la garganta–. Primero me voy a desnudar yo –murmuró contra la piel de ella–. Y después te desnudaré a ti.

Summer se preguntó por qué le decía todo lo que se disponía a hacer. Se le ocurrió que él no quería que hubiera sorpresas y además así le daba la oportunidad de pararlo si la vencía el miedo. Se le oprimió el pecho de emoción por las molestias que se tomaba para ayudarla.

Ninguno de los dos habló mientras él se quitaba la camisa y los vaqueros y tendía la mano a los botones de la blusa de seda rosa. Cuando le rozó el cuello con los dedos al abrir los botones, ella se estremeció. Ningún hombre la había excitado como Ryder y estaba segura de que ningún otro hombre la excitaría nunca así.

El corazón le dio un vuelco. Se esforzó por respirar hondo. ¿Se estaba enamorando de él?

–Querida, te voy a quitar la blusa y a desabrocharte el sujetador –susurró él. Y ella dejó de pensar.

Cuando Ryder le apartó lentamente la seda rosa de los hombros y soltó el cierre del sujetador para bajarle los tirantes por los brazos, ella se apretó contra él. El roce de la piel velluda de Ryder en sus pezones sensibles le provocó un deseo como no había sentido nunca.

–¡Caray! –tartamudeó. Sintió que se le doblaban las piernas y se abrazó a su cintura.

–¿Sigues bien? –preguntó él. Le besó el hombro desnudo y deslizó la mano entre los dos para desabrocharle los vaqueros y bajarlos lentamente por los muslos.

–Umm... sí –respondió ella; le ayudó con los pies a quitarse los vaqueros.

Ryder la abrazó y la besó en la boca y a ella le bajaron oleadas de calor hasta los dedos de los pies. Y cuando él la tentó para que abriera la boca y deslizó la lengua dentro, el cuidado con el que la exploraba a conciencia consiguió que el calor de ella se convirtiera en una profunda espiral de deseo.

La sensación se intensificó cuando él bajó las manos para tomarle las nalgas y apretarla entre sus caderas. La única barrera que los separaba era la que formaba la ropa interior de los dos.

–¡Eres tan… fabulosa! –la voz de él sonaba ronca, como si le costara respirar tanto como a ella–. ¿Necesitas que vaya más despacio?

–No. Estoy bien.

–Te voy a quitar el resto de la ropa –él la fue cubriendo de besos desde la frente hasta la barbilla.

Summer, que no se sentía capaz de hablar, se limitó a asentir.

Ryder se quitó los slips y a continuación le puso las manos en la cintura y deslizó despacio los dedos bajo el elástico de las bragas. Ella contuvo el aliento al sentir el roce de sus manos en las caderas y por los muslos.

Cuando él la estrechó contra sí desnuda, ella podía oír los latidos de su propio corazón. El calor súbito de la carne dura de él contra su piel más suave le provocó una oleada de deseo por todo el cuerpo.

Esperaba un momento de pánico, pero no se produjo. Sentir el cuerpo de Ryder alineado contra el suyo no la asustaba nada. Tener los pechos aplastados contra el torso de él, sentir su pene duro y caliente en la parte baja del estómago solo hacía que se intensificara su deseo.

–¿Por qué no nos tumbamos? –sugirió él.

La tomó en brazos para llevarla a la cama. La colocó en mitad del colchón como si fuera un regalo precioso y se estiró a su lado.

–Quiero que te sientas totalmente cómoda con todo lo que hacemos –dijo. Ella hizo ademán de hablar, pero él le puso un dedo en los labios–. Por eso solo llevaré esto hasta un punto. Me aseguraré de que los dos estamos listos para hacer el amor y luego te dejaré el control a ti.

–¿Qué quieres decir? –preguntó ella, confusa.

Ryder la besó con pasión y le acarició la mejilla con suavidad.

–Te he visto encogerte algunas veces cuando te voy a dar un beso de buenas noches. Creo que te sentirás más cómoda si eres tú la que está encima y no al revés.

Aquello era cierto. Ella se sentía todavía muy vulnerable tumbada de espaldas.

–¿No te importa? –preguntó.

Él soltó una risita.

–Querida, ya sabes que no soy un hombre inseguro –musitó–. Hacer el amor es hacer el amor y me da igual si estoy arriba, abajo o haciendo el pino.

Summer sonrió.

–Esa última posición puede ser un poco difícil.

Ryder se encogió de hombros y la besó en los labios.

–Si eso es lo que te hace feliz, haré lo que pueda.

Summer sentía el corazón henchido de emoción.

–Ryder McClain, eres un hombre muy especial –susurró. Le tocó la mejilla con los dedos.

–No, solo soy un hombre que intenta ayudar a su mejor amiga –él le acarició la espalda.

Sus manos callosas le producían sensaciones maravillosas en la piel sensibilizada a Summer, pero le preocupó la mención de él a su amistad. Y no sabía por qué. Pero como él seguía tocándola, renunció a intentar buscar la razón. Por el momento las manos de Ryder en su piel desnuda le creaban sensaciones demasiado buenas para que quisiera concentrarse en otra cosa que no fuera lo que él le hacía sentir.

Ryder la besó en la boca y ella se entregó a la maestría de su beso y olvidó todo lo que no fuera el hombre que la abrazaba. Y cuando la boca de él se movió sobre la suya, él deslizó la mano desde la espalda hasta la parte inferior de los pechos de ella y le acarició los pezones con el pulgar. Pequeñas chispas eléctricas le cubrieron entonces el cuerpo a ella, que no habría podido reprimir gemidos de placer aunque lo hubiera intentado.

–¿Eso te gusta? –preguntó él.

Le cubrió de besos el cuello y fue bajando por el valle entre sus pechos.

–Sí.

Él siguió acariciándola con los pulgares un momento más y después le besó un pecho y se lo introdujo en la boca. Acarició el pezón endurecido con la lengua y ella vio estrellas detrás de los ojos cerrados y estuvo segura de que, si él continuaba así mucho más, ella ardería hasta convertirse en cenizas.

–Me estás volviendo loca –musitó.

–Querida, esto es solo el comienzo –murmuró él. Tomó la mano de ella y la guio hacia su pene–. Quiero que me toques –susurró–. Quiero que veas que el cuerpo de un hombre no tiene nada de amenazador.

Ella hizo lo que le pedía y le pasó la mano por el pene duro y por la suavidad de debajo. Lo sintió estremecerse, pero él no detuvo las exploración ni le pidió nada más.

–Ahora te voy a tocar yo –dijo. Su voz sonaba tensa, pero no amenazadora.

Encontró el núcleo de ella y Summer sintió que su cuerpo se tensaba en una especie de dolor–placer casi insoportable.

–Por favor, Ryder.

–¿Qué quieres, Summer?

–A ti.

Él le dio un beso rápido, se tumbó de espaldas y la colocó encima de él.

–Soy todo tuyo, querida.

Cumplía su palabra y le entregaba el control para que ella no se sintiera amenazada al tener su cuerpo grande encima atrapándola. Su comprensión le causaba a Summer un sentimiento profundo que no se atrevía a identificar.

Se sentó a horcajadas sobre él y cerró los ojos mientras se hacía penetrar despacio por él. Nunca se había sentido tan completa como en aquel momento. Era como si por fin hubiera encontrado una parte de sí misma que no sabía que había perdido.

Él le puso las manos en las caderas y la ayudó a iniciar un ritmo fácil cuando ella empezaba a moverse. Su cuerpo respondió rápidamente a la sensación de estar unida a él y de pronto se sorprendió buscando el orgasmo.

–Te voy a tocar de nuevo, querida –musitó Ryder.

Deslizó la mano entre ellos.

En cuanto rozó el pequeño botón de sensaciones de ella, Summer sintió una oleada tras otra de placer intenso. Un momento después, notó que Ryder se quedaba inmóvil y luego, con un gruñido ronco, la envolvió con sus brazos y soltó su esperma dentro de ella.

Summer se dejó caer sobre él con la sensación de que sus almas se habían tocado y en ese momento supo por qué le había molestado que él la llamara su amiga. Ryder era más que un amigo, era el hombre del que se estaba enamorando.

Capítulo Siete

A la mañana siguiente, Ryder observaba a Summer desde el otro extremo de la sala de prensa, donde ella estaba sentada en una entrevista que hacía un periodista de una revista nacional a Nate. Su hermano era uno de los aspirantes al título de vaquero del año en todas las modalidades y la personalidad extrovertida y el ingenio rápido de Nate eran justo lo que buscaba la Asociación de Rodeos para promocionar los campeonatos nacionales.

Pero aunque Ryder estaba orgulloso de su hermano y sus logros, su atención estaba fija en Summer. Ella era increíble y, sin lugar a dudas, la mujer más cautivadora y deseable que había conocido. No podía entender por qué había sido inmune a sus encantos antes. ¿Cómo había podido estar tan ciego?

Frunció el ceño. ¿Cuándo había perdido de vista que quería ayudar a Summer con su petición de tener un bebé y había empezado simplemente a desearla?

Había aceptado ya la idea de que su amistad se había alterado de un modo permanente. Eso había ocurrido la primera vez que la había besado. En sus treinta y tres años de vida, nunca había probado unos labios tan dulces ni tan suaves como los de Summer.

Pero lo que más le preocupaba de todo aquello era que pudiera ayudarla a vencer su miedo a la intimidad y que luego ella conociera a otro hombre y decidiera que sí podía asentarse con él. ¿Dónde le dejaría eso a él? No solo perdería a su mejor amiga sino también el derecho a hacer el amor con la mujer más estimulante que había conocido.

Se levantó de la silla que ocupaba y salió al pasillo. ¿Qué narices le ocurría?

A él no le interesaba llevar la relación más lejos. ¿Por qué, pues, tenía un nudo en el estómago del tamaño de un balón de fútbol solo de pensar que Summer siguiera con su vida en brazos de otro hombre?

–Hermano, parece que te hayas comido un caqui que no estaba maduro –dijo Nate, acercándose a él fuera de la sala de prensa–. ¿Estás bien?

–Sí, pero tú no lo estarás si se te ocurre montar otro numerito como el de ayer –replicó Ryder–. Si no tienes la cabeza en lo que haces, no te subas a un toro. No te arriesgues a tener un accidente que pueda ser grave.

Nate tuvo el suficiente sentido común para no discutir.

–Siento lo de ayer, pero no temas, ya lo tengo todo controlado –sonrió–. Sabes que es difícil que yo esté triste mucho tiempo.

–Ya estás probando tus encantos con otra mujer indefensa, ¿verdad? –preguntó Ryder, aliviado de ver que su hermano parecía más él mismo que el día anterior.

–No –Nate se encogió de hombros–. He decidido descansar de las mujeres una temporada y concentrarme en ganar el título este año.

Ryder frunció el ceño. Lane había acertado; a Nate le ocurría algo más que un caso de orgullo herido. Si estaba dispuesto a dejar la compañía femenina por un título de rodeo, debía de ser verdad que se había enamorado de la enfermera con la que había salido.

Iba a seguir hablando, pero lo detuvo la mano de Summer en su brazo.

–Ryder, cuando tengas un momento, necesito hablar contigo antes de que empiecen las pruebas –dijo.

–Desde luego, querida –Ryder miró a Nate–. Sabes que esta tarde te cubriré las espaldas, pero recuerda lo que te he dicho y presta atención a lo que haces.

–Lo haré –dijo Nate. Y se alejó por el pasillo hacia la sala de entrenamiento.

–¿Se encuentra bien? –preguntó Summer.

–Creo que sí –Ryder le pasó el brazo por los hombros y echó a andar de regreso a la sala de prensa–. ¿De qué quieres hablarme?

Cuando entraron en la sala vacía, ella cerró la puerta a sus espaldas.

–Solo quería decirte que tengas mucho cuidado esta tarde –lo abrazó por la cintura.

Ryder la estrechó contra sí.

–Por supuesto que sí. Tengo planes para esta noche.

–¿Ah, sí?

Él bajó la cabeza y la besó en los labios.

–¡Oh, sí! Creo que hoy debemos saltarnos el baile y retirarnos temprano.

–¿Ya tienes sueño? –bromeó ella.

–Querida, cuando esta noche nos vayamos a la cama, dudo seriamente que estemos pensando en dormir –murmuró él. La besó hasta que los dos se quedaron sin aliento–. ¿Tú estás bien? Esta mañana deberías haberme despertado antes de irte.

–Estoy muy bien –ella se puso de puntillas y le besó la barbilla–. Y tú dormías tan a gusto que no he sido capaz de despertarte. Tu trabajo es mucho más exigente que el mío a nivel físico. Quería que descansaras.

–¿Ahora te dedicas a cuidarme?

Summer pareció pensativa un momento. Asintió.

–Estás tan ocupado cuidando de todo el mundo que necesitas que alguien cuide de ti –dijo.

Antes de que él pudiera contestar, llamaron a la puerta y Summer se separó de él. Se abrió la puerta y entró un hombre que sostenía un micrófono como si fuera una especie de trofeo.

–Disculpen, ¿pero alguno de los dos sabe dónde puedo encontrar al responsable de relaciones públicas? –preguntó.

Ryder calculó que el hombre tendría más o menos su edad. Parecía una persona muy segura de sí misma.

–¿Quién quiere saberlo? –preguntó Ryder.

–Soy Chip Marx, de *Noticias en Directo* –contestó el hombre, que se las arregló para dar la impresión de que miraba a Ryder por encima del hombro a pesar de ser por lo menos veinte centímetros más pequeño que él.

Se portaba como si debieran reconocerlo inmediatamente. A Ryder le resultaba terriblemente irritante y además no le sonaba de nada.

–Soy Summer Patterson, la directora de relaciones públicas de la Asociación de Rodeos –ella le tendió la mano–. ¿Qué puedo hacer por usted, señor Marx?

El comportamiento del recién llegado cambió de inmediato.

–Eso es una agradable sorpresa –tomó la mano de ella con una sonrisa. No la estrechó sino que se quedó sosteniéndola–. Ahora estoy seguro de que haré esta historia después de todo.

Ryder vio que Summer soltaba su mano y tomaba una nota de prensa que había preparado.

–Aquí tiene toda la información. Si tiene alguna pregunta, hágamelo saber. Como hoy es el último día y muchos de los vaqueros se están preparando para competir, no creo que pueda conseguirle entrevistas con ninguno de ellos. Normalmente parten para el próximo rodeo en cuento termina la última prueba del último día.

–¡Oh!, yo he venido para hacer un reportaje de adelanto sobre el rodeo de la semana que viene en Nuevo México –el periodista sonrió–. Y también me gustaría que mi cámara grabara a los vaqueros haciendo lo que quiera que sea lo que hacen.

–De acuerdo –dijo Summer, que parecía mostrarse reacia. Ryder notó que el hombre le caía tan mal como a él–. Les prepararé un par de asientos en la zona VIP. Está más cerca de lo que ocurre en la arena. Desde allí podrán grabar bien.

–Preferiríamos seguirla a usted y hablar de lo que pasa entre bastidores –Marx señaló a su cámara, que estaba justo fuera de la puerta–. Él puede grabar a los animales y también a los vaqueros preparándose.

–Eso no es posible, señor Marx –musitó Summer.

Ryder había visto antes aquella expresión de determinación en su cara. Allí decidía ella y no iba a permitir que aquel hombre le dictara lo que iba a hacer.

–Usted no puede decirme a mí lo que va a hacer; se lo digo yo a usted. La razón de eso es que tengo que procurar su seguridad y la de los vaqueros. Si acepta esas condiciones, estaré encantada de procurar que consiga su historia. Si no, nuestro trabajo aquí ha terminado.

Ryder nunca había estado más orgulloso de ella. La había visto lidiar con periodistas pesados otras veces y habría podido decirle a Marx que su táctica dictatorial no daría resultado. Pero era mucho más placentero ver cómo le decía Summer que allí mandaba ella.

El periodista no parecía nada contento con la situación, pero debió darse cuenta de que Summer no iba a ceder y se encogió de hombros.

–Bueno, supongo que podremos grabar desde la sección VIP –sonrió–. ¿Sería posible tener una entrevista con usted después del espectáculo?

–Eso podría hacerse –respondió ella–. Pero tendrá que ser breve.

–Está bien –contestó Marx–. Hoy haré lo que pueda y luego fijaré un encuentro con usted para el rodeo de la semana que viene.

–Llamaré al encargado de la zona VIP para que les reserve unos asientos –comentó Summer.

Marx parecía que quería añadir algo más, pero cambió de idea y salió sin molestarse siquiera en dar las gracias.

–Alguien tiene que enseñarle modales a ese imbécil –comentó Ryder.

–Ya he lidiado otras veces con gente así –Summer se encogió de hombros y sacó el móvil del bolso.

Ryder miró el reloj.

–Mientras tú haces esa llamada, yo voy a cambiarme –le dio un beso rápido–. Nos vemos dentro de un rato.

–Ten cuidado –musitó ella con gesto preocupado.

–Siempre –le aseguró él.

Durante la prueba de montar toros, Summer estaba demasiado nerviosa para ver a Ryder jugar al pilla-pilla con una fiera de una tonelada de peso.

Se dedicó a ordenar la sala de prensa para no pensar en el peligro que corría, pero un anuncio por los altavoces le provocó un escalofrío en la espalda y le hizo salir corriendo hacia la arena. Los médicos pedían una ambulancia que entrara en la arena. Eso significaba que había alguien herido. Y debía de ser grave si no llevaban al herido a la sala de entrenamiento para examinarlo allí antes de trasladarlo al hospital.

Buscó a Ryder con la vista y su corazón dejó de latir hasta que lo vio arrodillado al lado de un montador de toros que yacía boca abajo en el suelo de la arena. Aliviada, miró a su alrededor para comprobar que el herido no fuera uno de los hermanos de Ryder.

–¿Quién es? –preguntó al jefe de la arena.

Este dijo el nombre de uno de los vaqueros más jóvenes.

–El chico se ha caído hacia delante en el primer salto del toro y el golpe lo ha dejado inconsciente. De no ser por Ryder, habría muerto seguro. En cuanto ha caído en la arena, Ryder se ha echado encima de él para evitar que el toro lo pisara o lo golpeara.

–¿Ryder está bien? –preguntó ella, conteniendo el aliento.

–Creo que puede haber perdido un poco el aliento cuando el toro le ha dado en el costado, pero nada más –contestó el hombre–. Tal vez le duela un poco mañana, pero el chaleco de *kevlar* habrá evitado que le rompiera un par de costillas.

Cuando Summer se enteró de que el joven vaquero había recuperado el conocimiento y se lo llevaban al hospital para hacerle una resonancia magnética y tenerlo en observación, se reanudó el rodeo.

Tuvo que esperar hasta que terminara el rodeo para hablar con Ryder. Ese tiempo le pareció eterno. Necesitaba hablar con él y comprobar personalmente que se encontraba bien.

Mientras paseaba impaciente al lado de la arena, intentaba averiguar por qué sentía tanta ansiedad, por qué la valentía de él le preocupaba más que nunca. Siempre había sabido que era su trabajo colocarse entre los vaqueros y los toros peligrosos. Era uno de los mejores en su profesión y había muchos hombres que tenían que estarle agradecidos por haberlos salvado de heridas graves y, en algunos casos, incluso de la muerte.

Pero ahora todo eso le importaba más y creía saber por qué. Ahora veía sus actos de heroísmo a través de los ojos de una mujer que se estaba enamorando de él.

–Querida, si no dejas de caminar así, vas a convertir la arena en piedra –dijo Ryder a sus espaldas.

Summer se volvió. Corrió hasta él y le echó los brazos al cuello.

–¿Estás bien?

Él la abrazó al instante.

–Muy bien. Ese toro solo me ha dado un empujón para saludarme.

De repente, a ella le enfureció que quitara importancia a lo que había sido una situación muy peligrosa. Se apartó de él.

–No se te ocurra decir que no ha sido nada. Podría haberte pasado algo serio. ¿Y si ese estúpido toro te llega a pisar?

–¡Vaya! ¿A qué viene eso? –él parecía confuso–. Sabes que es mi trabajo salvar a los montadores de toros. Me has visto hacerlo más de cien veces en los últimos años.

–Eso era antes –protestó ella, que sabía que exageraba pero no podía evitarlo.

Ryder frunció el ceño.

–¿Antes de qué?

Summer no podía decirle que se había enamorado de él.

–Hablaremos de eso esta noche –dijo; se volvió hacia la sala de prensa–. Tengo que empaquetarlo todo para el próximo fin de semana.

–Te ayudaré –Ryder echó a andar a su lado–. ¿Has hecho la entrevista con esa comadreja? –preguntó.

–¡Maldita sea! Lo había olvidado –¿cómo era posible que un día que había empezado tan bien acabara convirtiéndose luego en una pesadilla?

Cuando entraron en la sala de prensa, suspiró. Chip Marx la estaba esperando.

–Empezaba a pensar que me iba a dar plantón –dijo, con una sonrisa que no conseguía ocultar su impaciencia.

–Estoy segura de que comprende que, si se tienen que llevar a un vaquero al hospital, es un asunto serio –respondió ella, esforzándose por no perder los estribos–. Lo prioritario para mí es informarme de sus heridas y valorar si tengo que avisar a su familia o hacer declaraciones a la prensa.

–Por supuesto. ¿Por qué no hacemos una entrevista mientras cenamos? Así podrá dedicarme toda su atención.

Summer miró a Ryder y contuvo el aliento. Él parecía furioso. Y no podía culparlo. A ella también la enfurecía la poca sensibilidad del periodista. Ni siquiera se había molestado en preguntar si el vaquero herido se pondría bien.

–Lo siento, pero no voy a tener tiempo de hablar con usted después de todo, señor Marx.

–Por favor, llámeme Chip –dijo él con tono sugerente.

Le sonrió de un modo que Summer estaba segura que había practicado delante del espejo, probablemente durante años. Pero si creía que la iba a conquistar con eso, estaba muy equivocado. Era un arrogante.

–Ya le he dicho que no tengo tiempo.

–De todos modos tiene que comer –insistió él–. Puede hacerlo conmigo.

Summer habría preferido comer con una serpiente.

–Gracias, pero cuando he dicho que no tengo tiempo, iba en serio. Y ahora, si me disculpa, tengo que prepararlo todo para el traslado al siguiente rodeo en Nuevo México.

El periodista no parecía entender el concepto

de que ella no quería tener nada que ver con él y, adelantándose, la tomó del brazo.

–Seguro que puede…

–La señorita ha dicho que no tiene tiempo –lo interrumpió Ryder. Se adelantó, le agarró la muñeca a Marx y la apartó del brazo de ella–. Sugiero que acepte su palabra y se busque otra historia.

Ella solo había oído a Ryder usar aquel tono en una ocasión. La noche que le había contado que la habían violado.

Ryder debió apretar la muñeca de Marx, pues este soltó un grito y puso una mueca de dolor.

–No puedes hacer eso –miró al cámara de hito en hito–. No te quedes ahí parado. Graba esto. Lo necesitaré cuando demande a este enlazador de cabras por agresión.

El cámara miró a Marx, luego a Ryder y después de nuevo a Marx.

–Estás solo en esto, Chip –dijo. Se volvió para salir–. Yo no he visto nada.

Summer nunca había visto a Ryder con un aspecto tan peligroso como en aquel momento y no le extrañaba nada que el cámara hubiera dejado solo al arrogante periodista. Llamar enlazador de cabras a un vaquero era extremadamente insultante y muy poco inteligente cuando el vaquero en cuestión te tenía agarrado del brazo.

–No pasa nada, Ryder –dijo ella, con la esperanza de apaciguarlo–. Ya se iba, ¿no es así, señor Marx?

Antes de que el periodista pudiera responder, Ryder señaló la puerta con la cabeza.

–Será mejor que siga su consejo. Si no, me obligará a echarlo a patadas. Y me parece que no le gustaría nada. Y vamos a dejar algo claro. No quiero verlo molestando a la señorita Patterson nunca más –le soltó la muñeca por fin–. Porque si lo hace, tendrá que recoger del suelo sus dientes blanqueados. ¿Le ha quedado claro?

Chip Marx se puso muy rojo y se volvió para salir de la habitación. Pero al parecer, era tan estúpido como arrogante, pues se volvió para una andanada de despedida.

–Esto no acaba aquí.

–Sí acaba –Ryder adelantó un paso y el otro salió corriendo como si lo persiguiera el diablo.

–Gracias, pero estoy segura de que podría haber lidiado sola con la situación –comentó Summer. No era cierto, pero no quería que él supiera lo vulnerable que se había sentido.

Él movió la cabeza.

–Sé que eres capaz de lidiar con muchas cosas de este tipo, pero cuando ese arrastrado te ha puesto la mano encima... –respiró hondo y carraspeó–. No pienso disculparme porque no lamento haber intervenido –se volvió hacia la puerta–. Y quiero que sepas que, mientras a mí me quede un aliento en el cuerpo, ningún hombre te tratará nunca como ha intentado tratarte ese bastardo sin que yo me encargue de que haya consecuencias.

Summer siguió mirando la puerta mucho después de que Ryder hubiera salido. En los últimos años había lidiado con periodistas que creían que podían conquistarla o convencerla de que hiciera lo que ellos querían y nunca había tenido problemas para ponerlos en su sitio. Pero hasta ese día ninguno se había pasado de la raya y la había tocado.

Se estremeció. Terminó de recoger los folletos y los tomó para salir. El único contacto de hombre que no le daba asco, el único que quería que la tocara, era Ryder.

El corazón le dio un vuelco. Había intentado evitar poner nombre al modo en que había evolucionado su relación, pero no tenía sentido seguir eludiendo más tiempo lo que sabía en su corazón que era verdad. Aunque no pudiera contarle a él lo que en realidad sentía, al menos podía admitirlo para sí misma.

Estaba enamorada de Ryder McClain.

Ryder esperaba a Summer apoyado en un poste de la arena. Al salir de la sala de prensa, había decidido comprobar que Marx se había ido y no causaría más problemas. Y no tenía duda de que, si tenía ocasión, el hombre era lo bastante estúpido para intentar ligar con ella otra vez. Las comadrejas pelmas como Marx se consideraban un regalo del cielo para las mujeres y no se les metía en la cabeza que no los adoraran todas las mujeres con las que entraban en contacto.

Suspiró pesadamente. Lo último que quería era que ella le viera perder los estribos. Y había estado muy cerca de hacer justamente eso. Por fortuna, había conseguido mantener el control. El insulto del periodista no le había importado nada. La opinión de Marx no contaba nada en absoluto para él. Pero cuando agarró el brazo de Summer, Ryder había tenido que recurrir a toda su capacidad de autocontrol para no golpearlo. Por desgracia, no podía garantizar que la próxima vez pudiera reprimirse. Y eso le molestaba casi tanto como que Marx le pusiera la mano encima a Summer.

–Pensaba que habías ido a ducharte y cambiarte de ropa –dijo Summer, cuando llegó ante él.

–No –él se apartó del poste y tomó la caja que llevaba ella–. He decidido quedarme para llevarte esto.

Ambos guardaron silencio de camino a la autocaravana. Ryder odiaba esa incomodidad y pensaba que ella debía seguir molesta porque no le había dejado que lidiara sola con Marx.

Abrió la puerta de la autocaravana y la ayudó a subir los escalones.

–En cuanto me duche y me cambie, podemos ir a la barbacoa si quieres.

–Pensaba que esta noche querías quedarte aquí –ella frunció el ceño–. Había pensado hacer sándwiches.

–Después del encuentro con Marx, no sabía si tú querrías... –Ryder se interrumpió y movió la cabeza–. Olvídalo. Lo que tú quieras hacer me parece bien.

Summer lo miró unos segundos y se acercó a

abrazarlo. Ryder la estrechó contra sí automáticamente.

–Hoy ha sido la primera vez desde que empecé este trabajo que me he sentido amenazada –dijo ella con voz temblorosa–. No quería admitirlo, pero cuando Marx me ha agarrado el brazo, he sentido miedo.

–Summer, yo estaba allí –Ryder se echó hacia atrás para mirarla–. Tienes que saber que yo jamás le habría dejado hacerte nada.

Ella asintió.

–Ya lo sé. Y no me ha molestado que intervinieras tú. Estaba enfadada conmigo misma por permitir que él me asustara.

–Olvídate de Marx. No vale ni el tiempo ni la molestia de pensar en él –Ryder le besó la punta de la nariz–. ¿Por qué no haces esos sándwiches mientras yo me ducho?

–De acuerdo –ella sonrió y su sonrisa le aceleró todas las hormonas a él.

Ryder tragó saliva y se obligó a apartarse.

–Solo tardaré unos minutos.

Se duchó en un tiempo récord, se envolvió una toalla alrededor de la cintura y entró en el dormitorio. Se detuvo en seco al ver que Summer no llevaba nada más que las braguitas y la camiseta de él.

Ella se sonrojó. Tomó la bata y la sostuvo ante sí.

–Pensaba que tardarías más.

–No.

–Puesto que no vamos a salir… me apetecía ponerme algo más cómodo –musitó ella vacilante.

Miró el pecho desnudo de él y tendió la mano para tocar levemente la pequeña cicatriz blanca justo debajo del pectoral izquierdo–. La otra noche no me fijé en esto cuando te puse el antiséptico en los arañazos. ¿Qué te pasó?

Ryder apretó los dientes por la oleada de calor que le provocaban los dedos de ella en su piel.

–Me corneó un toro hace diez años.

–¿No llevabas chaleco de *kevlar*? –preguntó ella, acercándose más. Apoyó la palma en la cicatriz y él tuvo la sensación de que lo hubieran marcado.

El leve aroma a hierbas de su pelo y su contacto suave hicieron que su cuerpo se endureciera y tuvo que carraspear antes de poder contestar.

–No fue en un rodeo. Estaba ayudando a Hank a mover uno de sus rebaños y uno de los toros se separó. Cuando fue a por Hank, pensé que tenía más probabilidades de esquivarlo yo, porque podía moverme más deprisa.

Summer alzó los ojos para encontrarse con los suyos.

–Eres un verdadero héroe, Ryder McClain.

Él le quitó la bata de la mano, la arrojó a un lado y la estrechó contra sí.

–Me halaga que creas que soy tan bueno, pero yo no hice nada que no hubiera hecho cualquier otro hombre en la misma situación.

–Tú eres mi héroe –insistió ella, mirándolo a los ojos.

Ryder empezó a sentirse muy culpable. No merecía la admiración de ella, pero no podía decirle que el hombre al que tenía en tan alta estima no era lo que ella pensaba.

Para distraerla, bajó la cabeza y la besó en la boca. El dulce sabor de sus labios le hizo olvidar rápidamente todo lo que no fuera ella y el fuerte deseo que sentía por ella. Teniendo en cuenta que lo único que los separaba eran la toalla que él llevaba enrollada en la cintura y la camiseta de algodón y las braguitas de ella, no tenía nada de raro que la parte inferior de su cuerpo estuviera ya en alerta máxima.

Cuando Summer le echó los brazos al cuello y se apretó más contra él, Ryder casi esperaba que se apartara al sentir la erección de él apretándole el estómago; pero para su inmensa satisfacción, en vez de apartarse, ella entreabrió los labios en un suspiro. Alentado por su respuesta, él profundizó el beso para acariciarla mejor.

–Querida... creo que... es mejor que frenemos... un poco –dijo él cuando interrumpió el beso para darle pequeños mordiscos a lo largo de la mandíbula y hasta la oreja–. Te doy mi palabra de que no ocurrirá nada a menos que tú lo quieras, pero te deseo más ahora de lo que he deseado a nadie en toda mi vida.

–Pero todavía no... está oscuro –dijo ella, que parecía insegura a pesar del rubor de deseo que le coloreaba las mejillas.

Ryder rio.

–Nuestros cuerpos encajan juntos igual de bien a la luz del día que en la oscuridad.

–Eso ya lo sé, vaquero –replicó ella; le lanzó una mirada que sugería que él podía ser un poco simple–. Pero cuando está oscuro, no es tan fácil ver… –se interrumpió y se sonrojó aún más.

–¿Aún quieres hacer un hijo conmigo? –preguntó él con voz ronca.

–Sí, pero…

–¿Y todavía confías en mí?

Ella asintió.

–Por supuesto.

Ryder le dio un beso rápido.

–Te doy mi palabra de que no veré más de lo que tú quieras que vea.

Capítulo Ocho

La mirada apasionada de Ryder le puso carne de gallina a Summer. Él la tomó en sus brazos y la colocó en mitad de la cama. Tiró de la toalla y Summer cerró los ojos y esperó hasta que lo sintió tumbarse a su lado y taparlos a los dos con la sábana.

Abrió los ojos y se colocó de lado para mirarlo.

–Desde luego, tú no eres tímido con tu cuerpo.

–No –él sonrió–. La mayoría de los hombres no tenemos tantos problemas con la modestia como tenéis las mujeres.

–Me pregunto por qué.

Ryder la abrazó.

–¿De verdad quieres hablar de la falta de inhibiciones de los hombres ahora?

El deseo que mostraban sus ojos la dejó sin aliento. Cuando la besó en la boca, solo pudo pensar en lo que Ryder le hacía sentir.

Menos de una semana atrás, se había creído inmune al deseo y la pasión. Pero el beso de él, sus caricias gentiles y las concesiones que había hecho para tranquilizarla no solo la habían convencido de que podía confiar en él sino que también le habían creado a ella un deseo más fuerte de lo que nunca habría creído posible.

Separó los labios y recibió su lengua, que exploró a conciencia la boca de ella, lanzándole un calor delicioso por todo el cuerpo. Pero cuando él le bajó lentamente la mano por el muslo a ella hasta el dobladillo de la camiseta y la alzó al tiempo que subía la mano para cubrirle los pechos, el calor en el interior de ella se convirtió en un estanque de puro deseo.

–Mírame, Summer –le susurró al oído. Cuando sus ojos se encontraron, él sonrió–: Ahora te voy a quitar la camiseta y las bragas, querida.

Un escalofrío de anticipación le subió por la espalda a ella. Él le sacó la camiseta por la cabeza y buscó el elástico de las bragas. Su mirada no abandonó la de ella en ningún momento y cuando quedó completamente desnuda, ella se dio cuenta de que Ryder había cumplido su palabra. No había mirado su cuerpo. Y lo amó todavía más por su integridad y por la comprensión que le mostraba en todo momento.

El corazón le dio un vuelco y cerró los ojos para regodearse en ese amor recién descubierto. Ya no hacía el amor con su mejor amigo para tener un hijo, hacía el amor con su alma gemela. Pero, al parecer, él no había perdido de vista el motivo detrás de la intimidad que habían compartido la noche anterior y estaban a punto de volver a compartir. Por eso la había mencionado, ¿no?

Summer suspiró. Si él seguía concentrado en su objetivo, eso implicaba que sus sentimientos por ella no se habían ido más allá de lo que siempre habían sentido el uno por el otro: una profunda amistad y un enorme respeto mutuo.

Los dedos de él le rozaron la mejilla.

–¿Qué te pasa? –le preguntó.

Cuando ella abrió los ojos, lo vio apoyado en un codo, mirándola con expresión preocupada. Summer alzó la mano y la apoyó en la mejilla de él.

–¿Qué podría pasarme? –preguntó, esquivando la pregunta–. Mi mejor amigo y yo estamos a punto de hacer un hijo.

Ryder la miró unos minutos interminables, como si intentara determinar la verdadera razón del suspiro de ella. Después la besó en los labios con tanta ternura que los ojos de ella se llenaron de lágrimas. Era el hombre más gentil que había conocido jamás.

Cuando profundizó el beso, movió la mano a lo largo del costado de ella y por su muslo. Le acarició un momento la parte de atrás de la rodilla y subió la palma hasta el punto de unión de sus muslos. Los separó y su caricia hizo que el cuerpo de ella vibrara con una energía que amenazaba con consumirla.

Perdida en las sensaciones deliciosas que él le suscitaba en su parte más femenina, Summer tardó un momento en darse cuenta de que él le alzaba la pierna para posarla encima de sus caderas.

–¿Ryder?

–Vamos a hacer el amor cara a cara, Summer. Tienes que ver que soy yo el que te hace el amor, no un bastardo egoísta que toma lo que quiere –le besó el hombro desnudo–. Quiero que veas el momento en el que te doy placer... y quiero que me veas cuando me ayudas a llegar al mío.

Summer sintió el pecho henchido de emoción. Ryder era un hombre increíblemente compasivo. Antes de que pudiera decirle lo mucho que significaba para ella que fuera tan considerado, él se movió para alinear las caderas de ambos y ella sintió la punta del pene colocada para penetrarla. Los ojos verdes de Ryder se oscurecieron cuando se posaron en los de ella y apretó lentamente hacia delante. Summer se sintió una con el hombre al que amaba y la pasión tierna del rostro de él penetrándola le resultó terriblemente conmovedora.

Él empezó a moverse lentamente en su interior. Ninguno de los dos habló mientras sus ojos seguían mirándose y sus cuerpos se comunicaban de modos que no se podían expresar con palabras.

Pronto Summer sintió que se acercaba al orgasmo. Su cuerpo ansiaba aguantar, prolongar el momento de su unión con Ryder, pero él aceleró las embestidas y ella empezó a temblar por efecto del placer que la embargaba. Incapaz de frenarlo, cerró los ojos y saboreó la sensación exquisita del orgasmo.

Ryder se quedó completamente inmóvil un momento. Summer abrió los ojos para mirar al hombre que amaba con todo su corazón y lo observó durante su orgasmo.

Un gruñido le brotó del pecho y su cuerpo grande se estremeció contra ella cuando la llenó con su esencia.

***

En los días siguientes, Ryder entraba a menudo en la tienda de campaña de la prensa. Le gustaba mirar a Summer hacer su trabajo. Ella hacía milagros a la hora de cambiar agendas y solucionar problemas de último momento. La había visto elaborar notas de prensa, organizar un viaje de buena voluntad de algunos vaqueros a la planta infantil de un hospital y coordinar entrevistas con los medios de comunicación.

Se acercó a ella por detrás, le rodeó la cintura con los brazos y la estrechó contra sí.

–¿Tienes idea de lo increíble que eres? –preguntó.

–Increíblemente cansada sí que estoy –la joven suspiró y se recostó en él–. No he dormido mucho últimamente.

Ryder le volvió la cara hacia él.

–¿Eso es una queja?

Ella sonrió con dulzura.

–En absoluto, vaquero. Simplemente he descubierto hace poco lo relajantes que pueden ser las actividades nocturnas.

Ryder rio y la abrazó con fuerza.

–Siempre podemos saltarnos la barbacoa y el baile y retirarnos temprano.

–Yo quiero ir a la fiesta –ella se pegó a él–. Después de esta noche, ya no tendré que preocuparme de tropezar con cierto periodista engreído.

–¿Chip se ha puesto en contacto contigo? –preguntó Ryder.

–No, no he sabido nada del señor Marx y dudo mucho que lo sepa ya. Puesto que esto se acaba hoy, ha perdido su oportunidad de encontrar una historia aquí –Summer se puso de puntillas y lo besó en los labios–. Gracias a ti, estoy bastante segura de que captó el mensaje.

–Más le vale –Ryder retrocedió un paso de mala gana–. Tengo que cambiarme y prepararme para bailar con un grupo de bovinos.

–Ten cuidado y guarda algunos bailes para mí –repuso ella con una sonrisa.

Ryder salió de la tienda sonriendo también. Summer había conquistado casi todos sus miedos referentes a la intimidad y, aunque seguía sin gustarle mostrarse entera en el dormitorio, parecía muy cómoda haciendo el amor con él. De hecho, había sido ella la que había tomado la iniciativa la noche anterior.

Summer y Ryder caminaban de la mano en dirección al pabellón donde tenían lugar la barbacoa y el baile de después del rodeo. Summer no creía haber sido nunca tan feliz. Desde que empezaran su relación física, había vuelto a sentirse como una mujer y no como la chica temerosa que se estremecía al pensar en quedarse a solas con un hombre. Le gustaba la sensación y amaba al vaquero que caminaba a su lado porque era un hombre muy especial y por haber ayudado a curar las cicatrices emocionales que había pensado que no podría vencer nunca.

–No sé lo que estás pensando pero debe de ser muy agradable –murmuró Ryder, inclinándose hacia ella para hacerse oír por encima de la música.

–¿Por qué lo dices? –preguntó ella, poco dispuesta a revelar sus sentimientos hasta que supiera si él sentía lo mismo.

–Porque tienes aspecto de saber algo que no sabe nadie más y de estar deseando compartirlo –contestó él con una sonrisa.

–Quizá sea así –a Summer le encantaban las bromas íntimas y el juego que había empezado a surgir entre ellos en las dos últimas semanas.

–¿Quieres contarme el secreto? –preguntó él.

–Todavía no.

Summer tenía más de un secreto, pero no pensaba gastar ninguno de los dos hablando antes de tiempo. Estaba segura de que amaba a Ryder y se lo diría cuando llegara el momento. Y el otro secreto era algo que tenía que confirmar con una visita a la farmacia para comprar un test de embarazo. Solo llevaba un par de días de retraso, pero como sus ciclos eran siempre regulares, estaba casi segura de que ya había conseguido concebir.

–Vamos a bailar –dijo.

Sonaba una canción lenta y tiró de él hacia la pista. Cuando Ryder la tomó en sus brazos, Summer se apoyó en él y se dio cuenta de que nunca era tan feliz como cuando estaban abrazados.

–¿Por qué no vas a buscar una mesa mientras consigo un par de bebidas? –preguntó él cuando terminó la pieza.

Summer lo besó en la barbilla y sonrió.

–Trato hecho, vaquero.

Vio una mesa vacía en un rincón del pabellón y echó a andar hacia allí. Pero se detuvo en seco cuando un hombre surgió de las sombras y se interpuso en su camino.

–¡Vaya, qué casualidad encontrarte aquí! –dijo Chip Marx con voz pastosa. Era obvio que había bebido demasiado y, a juzgar por la expresión sarcástica de su rostro, no aguantaba bien la bebida.

–Buenas noches, señor Marx –respondió ella, intentando pasar de largo.

Él la agarró de la muñeca para detenerla.

–Eh, ¿a dónde vas?

Summer sintió un escalofrío en la columna, pero no tenía intención de dejar que él viera que la asustaba. Los hombres como él se crecían con el miedo. Y la joven se negaba a darle ese poder sobre ella.

–A usted no le importa adónde vaya –dijo. Tiró de su brazo para soltarse.

Marx la agarró con más fuerza.

–¿Dónde está tu amigo? –miró a su alrededor–. Apuesto a que no eres tan chula cuando el enlazador de cabras no está a tu lado.

–En primer lugar, no me gusta que insulte a Ryder –contestó ella, buscando ganar tiempo. Chip Marx tiraba de ella hacia las sombras, donde nadie podría ver lo que hacía–. Y en segundo lugar, volverá con la bebida en cualquier momento. ¿De verdad quiere que vuelva a verlo agarrándome?

–Demasiado tarde –dijo Ryder a sus espaldas.

Summer sintió una mezcla de alivio y miedo. Le aliviaba que Ryder hubiera llegado antes de que el otro tuviera ocasión de arrastrarla hasta las sombras, pero si la voz de él le había parecido peligrosa la primera vez que Chip Marx la había agarrado, aquello no había sido nada comparado con lo letal que sonaba ahora.

–Ryder, estoy segura de que el señor Marx ya se iba –dijo, con la esperanza de evitar el enfrentamiento.

–No, no me iba –intervino Marx–. Y no voy a permitir que un tipo como él me impida conocerte mejor.

La soltó, la empujó a un lado y lanzó un puñetazo a Ryder. Este lo esquivó fácilmente y golpeó a su vez. El puñetazo fue fuerte, certero y muy eficaz. Chip Marx cayó al suelo como un muñeco de trapo y, tal y como le había prometido Ryder la primera vez que había agarrado a Summer, dos de sus brillantes dientes blancos, ahora rotos y ensangrentados, aterrizaron en el suelo a su lado.

Ryder abrazó inmediatamente a Summer.

–¿Estás bien?

Ella asintió.

–Estaba asustada, pero no quería que lo notara. Me alegro de que hayas llegado –alzó la vista. No estaba preparada para la expresión de tristeza que vio en Ryder–. ¿Estás bien?

Él miraba el cuerpo caído de Marx y no contestó. Summer empezó a alarmarse.

–¿Ryder?

–Yo no quería tener que hacer eso –dijo él al fin.

Summer movió la cabeza.

–Él no te ha dejado elección.

–Lo hemos visto todo y Summer tiene razón, hermano.

La joven alzó la vista y se alegró de ver a Nate y Jaron acercarse a ellos.

–Tú no tienes la culpa de que la estupidez no tenga cura –dijo Jaron.

Se arrodilló al lado de Marx. Se quitó el sombrero negro y abanicó con él al periodista para ayudarle a recobrar el sentido.

–Era un caso de pegar o dejarse pegar, Ryder.

–Estoy de acuerdo –dijo otra voz. Un guardia de seguridad se acercaba también al grupo–. ¿Está usted bien, señorita?

–Sí.

–Lo he visto todo y ha sido defensa propia. Pura y simplemente –el guardia, un hombre más mayor, movió la cabeza; Marx empezaba a moverse–. Lo he visto molestar a la señorita y quería venir aquí, pero no he podido llegar antes por la gente –miró a Ryder–. A decir verdad, admiro su autocontrol, hijo. Si ese hijo de perra hubiera agarrado a mi mujer como ha hecho con la suya, seguramente todavía seguiría pegándole.

–Creo que tendremos que llamar a la policía y hacer una declaración –Ryder respiró hondo.

–No se preocupe por eso –el guardia de seguridad señaló una cámara montada en una de las vigas del pabellón–. Lo he grabado todo y bastará con que me dé su nombre y me diga dónde puedo localizarlo en el caso de que intervenga la policía –soltó una risita–. Pero sospecho que, cuando este hombre recupere el conocimiento y vea el vídeo que le voy a mostrar, no tendrá muchas ganas de meter a la policía en esto. Si lo hace, podrán acusarlo de agresión contra la señorita.

Ryder dio al guardia la información que le pedía y miró a Summer.

–¿Estás listas para volver a la caravana?

Ella no tuvo que pensar mucho la respuesta.

–Sí.

Su preocupación aumentó cuando miró a Nate y a Jaron y vio que parecían tan preocupados como ella.

–Hablaremos dentro de unos días en el rodeo de Las Cruces –dijo Nate, que ayudaba a Jaron a poner a Marx de pie–. No le des vueltas, Ryder. No tenías otra opción.

Cuando salieron del pabellón, Summer vio que Ryder seguía muy afectado por el incidente.

–¿Estás bien? –preguntó en cuanto entraron en la autocaravana–. Por favor, habla conmigo.

–Estaré bien –repuso él.

La abrazó en cuanto los dos se quitaron las botas y las dejaron en el pasillo. La estrechó contra sí como si ella fuera un salvavidas y eso la asustó todavía más que la evidente angustia de él por el incidente.

–No quiero que me tengas miedo, Summer. Juro con toda mi alma que moriría antes que hacerte ningún daño a ti.

Ella le puso ambas manos en las mejillas.

–Nunca se me ha pasado por la cabeza que tú puedas hacerme daño.

Intuyó que él no la iba a creer e intentó pensar en algo que pudiera convencerlo de la confianza sin límites que tenía en él. Como no se le ocurría nada que pudiera decir para persuadirlo, lo tomó de la mano y lo llevó al dormitorio. Cuando llegaron a la cama, encendió la lámpara de la mesilla.

–Ryder, te necesito.

–Summer, no creo que sea buena idea…

–Yo sí –ella empezó a desabrocharse la blusa color turquesa–. Si no me crees cuando te digo lo mucho que confío en ti, tendré que demostrártelo.

Cuando se quitó la blusa de seda y llevó las manos al cierre del sujetador, vio una chispa de deseo en los ojos verdes de él.

–Querida, no quiero que hagas nada para lo que no estés preparada.

–Nunca en mi vida he estado tan preparada –respondió ella, bajándose el sujetador por los brazos.

Ryder soltó un gemido. Summer se desabrochó rápidamente los vaqueros para no darse tiempo a perder el valor, se los quitó y los tiró al suelo.

Pensaba que quizá sentiría cierta aprensión, pero cuando estuvo desnuda delante de Ryder, la embargó una emoción como no había conocido nunca. No solo le mostraba su fe en él; también se mostraba desnuda física y sentimentalmente. Amaba a Ryder con toda su alma y necesitaba que él lo supiera.

–Eres hermosa –musitó él.

Summer le desabrochó la camisa y se la quitó.

–Tú también, vaquero –le puso las manos en la piel cálida.

Ryder cerró los ojos y respiró hondo. Cuando volvió a abrirlos, se quitó el resto de la ropa y la abrazó.

–No quiero asustarte, pero ahora mismo te necesito más que mi próximo aliento –dijo él con voz preñada de deseo.

Summer se tumbó en la cama y alzó los brazos en un gesto de invitación.

–Hazme el amor.

Él se tumbó a su lado, la abrazó y la besó en la boca. En su beso había una desesperación que ella ansiaba calmar.

Ryder la besó en los labios y después le fue besando el cuello hasta llegar al pecho, donde cerró la boca en torno al pezón. Summer se retorció de placer y clavó los dedos en las sábanas. Tuvo la impresión de que podía estallar en llamas por la ola de calor que la embargó cuando él le deslizó su mano callosa por el abdomen hasta su parte más femenina… y supo que lo necesitaba tan desesperadamente como él a ella.

–Por favor, hazme el amor –susurró.

Tendió la mano hacia su pene y empezó a acariciarlo. Quería que sintiera la misma excitación que la embargaba a ella. Lo vio cerrar los ojos y tragar saliva mientras luchaba por controlarse. Pero cuando empezó a colocarla encima de él, ella negó con la cabeza y le fue dando besos desde la mandíbula hasta el pecho y los músculos pectorales.

–Quiero sentirte... rodeándome –musitó, dejándose caer sobre la almohada.

Ryder le separó las rodillas con un gemido y se instaló encima de ella. Summer lo guio sin vacilar y, cuando la penetró, tuvo la sensación de que le iba a estallar el corazón por la emoción abrumadora que la dominaba. Lo amaba con todas las fibras de su ser y sabía que lo amaría siempre.

Cuando Ryder empezó a moverse dentro de ella, disfrutó del cuerpo de él cubriéndola, haciéndole sentir como si de verdad se hubiera convertido en parte de él. Pero pronto la urgencia de su pasión asumió el control y se encontró al borde del orgasmo. Ryder, que parecía necesitar lo mismo que ella, aumentó el ritmo y la profundidad de sus embestidas y Summer se sintió liberada de pronto de la tensión que la mantenía cautiva. El placer, dulce y puro, fluyó desde la parte superior de su cabeza hasta las plantas de sus pies y cuando Ryder la embistió una vez más, tuvo la sensación de que sus almas se unían.

Cuando él se derrumbó encima de ella, Summer lo abrazó con fuerza.

–¿Estás bien? –preguntó él, colocándose de lado.

–Nunca he estado mejor –respondió ella con sinceridad. Quería decirle que lo amaba, pero no sabía si él estaba preparado para eso. Se acurrucó contra él y suspiró de satisfacción–. Ha sido realmente increíble.

–La increíble eres tú –él la estrechó fuerte contra sí y los dos guardaron silencio un rato hasta que él la soltó por fin.

Carraspeó y empezó a hablar sin mirarla a los ojos.

–Casi he olvidado decirte algo. Esta tarde me ha llamado mi capataz justo antes del rodeo. Tendrás que irte a Las Cruces sin mí. Tengo que volver a casa mañana.

Summer se sentó en la cama y se colocó la sábana bajo las axilas, cubriéndose los pechos.

–¿Sucede algo en el rancho? ¿Betty Lou está bien? ¿Quieres que vuelva contigo?

–No. Betty Lou está bien. Son temas del rancho. Puedo lidiar con ello –él se sentó en el lateral de la cama y buscó su ropa–. Mañana a primera hora te buscaré un vuelo para Las Cruces.

A ella se le paró el corazón.

–¿Tienes idea de cuándo volverás a trabajar?

Ryder negó con la cabeza. Se levantó para subirse los vaqueros.

–No.

Summer tiró de la sábana para envolverse en ella y salió de la cama. Nunca lo había visto tan poco deseoso de hablar con ella.

Ryder se volvió a mirarla y ella detectó en sus ojos una tristeza que le dio escalofríos. Él apartó la vista.

–¿Hace falta que te lo diga más claro, Summer? Fue bonito mientras duró, pero se ha terminado. Lo nuestro ha terminado.

Ella lo miró atónita. Movió la cabeza.

–¿Qué es lo que ha provocado esto? No creo que el encuentro con Chip Marx...

–He cambiado de idea –la interrumpió él–. No podré ayudarte con tu plan de tener un hijo.

Summer no podía creer lo que ocurría. ¿Cómo se había derrumbado todo tan deprisa? ¿Y por qué?

–¿Ni siquiera merezco una explicación? –preguntó, luchando por no perder el control de sus nervios.

Tenía que conservar la calma para poder pensar. Sabía que a Ryder le ocurría algo, pero no conseguía imaginar lo que podía ser.

–Seamos realistas, querida. No estoy hecho para ser padre y nos estábamos engañando al creer que sí –miró hacia la puerta–. Pero ahora que has superado tus miedos, estoy seguro de que podrás encontrar a alguien con quien crear una familia y llenar tu casa de niños.

–¿Eso es lo que de verdad quieres? –preguntó ella. Odiaba que su voz sonara angustiada.

–Claro que sí –él sonrió, pero era una sonrisa tan triste que los ojos de ella se llenaron de lágrimas–. ¿Recuerdas? Soy tu amigo. Lo único que he querido siempre era que estuvieras contenta.

–¿A dónde vas ahora? –preguntó ella, intentando desesperadamente encontrar el modo de que él se sincerara y le dijera lo que ocurría en realidad.

Desde luego no se tragaba su historia de que había cambiado de idea. No era posible que le hubiera hecho el amor con tanta ternura y que eso no hubiera significado nada.

–Voy a salir un rato –él bajó los escalones del dormitorio–. No sé a qué hora volveré, así que no me esperes levantada.

Cuando se cerró la puerta tras él, Summer tuvo la sensación de que una banda elástica le apretaba el pecho. ¿Por qué se portaba así Ryder? ¿Por qué no quería hablar con ella?

Se sentó en la cama con los ojos llenos de lágrimas. Nunca lo había visto así. No era el mismo hombre de siempre, el hombre en el que confiaba por encima de todos los demás. El vaquero al que amaba.

El hombre que acababa de romperle el corazón era un completo desconocido.

Capítulo Nueve

Ryder dejó de cepillar al caballo y se quedó mirando el cepillo que tenía en la mano como si pudiera contener la solución a sus problemas. Llevaba una semana en casa y todavía no había conseguido pensar con claridad y recuperar la perspectiva. Se sentía desgraciado y, al parecer, sin ni siquiera intentarlo, hacía también desgraciados a los que lo rodeaban.

No porque se mostrara irritable y gruñón. Ese no era su estilo. No. La mayor parte del tiempo intentaba encerrarse, bien en su despacho o yendo a montar por el cañón. Pero le era difícil esquivar a Betty Lou. Esta había intentado despedirse tres veces el día anterior y una esa mañana porque decía que era demasiado deprimente estar cerca de él. Hasta Lucifer parecía notar que algo iba mal y, en lugar de bufarle y escupirle, se había frotado un par de veces en su pierna como si intentara consolarlo.

Pero no había nada que nadie pudiera decir ni hacer que cambiara los hechos. Él estaba en el rancho Cañón Azul y Summer estaba en un rodeo. Sin él.

Perder los estribos con Chip Marx y dejarlo inconsciente le había dado un susto de muerte. No había podido evitar pensar en la última vez que había propinado puñetazos con furia. Pete había muerto por eso, y aunque Ryder solo había intentado defenderse y proteger a su madre adoptiva, sus actos habían acabado matando a un hombre. Y eso no tenía excusa, aunque hubiera sido un accidente. Nadie tenía derecho a quitarle la vida a otro.

Oyó que sonaba el móvil y lanzó un gruñido. Summer no había intentado llamarlo, pero sus hermanos sí. De hecho, los cinco lo habían llamado al menos una vez al día desde que se habían enterado de que se había tomado vacaciones de los rodeos.

Sabía que Nate y Jaron habían corrido la voz del desafortunado incidente y todos estaban preocupados por él. Conocían el infierno que había pasado de adolescente intentando asimilar la muerte de Pete y su miedo a que se repitiera algo así. Pero aunque significaban mucho para él y estaban muy unidos, no quería hablar con ellos. Sabía que había hecho lo que debía y sus hermanos tenían que respetar eso y dejarlo en paz.

Cuando volvió a sonar el teléfono, miró la pantallita. Era Betty Lou.

–¿Qué ocurre? –preguntó.

–Será mejor que vengas a la casa –dijo la mujer con voz temblorosa.

Ryder dejó el cepillo y echó a andar hacia la puerta.

–¿Qué pasa?

–Tenemos un problema –repuso ella, evasiva–. Tienes que venir a la casa enseguida.

–Voy para allá –dijo Ryder.

Subió de dos en dos los escalones del porche.

–Betty Lou, ¿estás bien? –gritó cuando abría la puerta de la cocina.

Sus cinco hermanos estaban sentados a la mesa de la cocina y alzaban sus tazas de café en un saludo burlón.

–¡Ah, diablos! –Ryder los miró de hito en hito–. ¿Dónde habéis aparcado?

–Detrás del cobertizo de los equipos –contestó Nate con una sonrisa.

–Hemos pensado que no podrías ignorarnos si utilizábamos el elemento sorpresa –añadió Sam.

–Y tú les has seguido la corriente, Betty Lou –la acusó Ryder–. Debería despedirte por traidora.

El ama de llaves se encogió de hombros y se volvió a remover una cazuela que tenía al fuego.

–No puedes. Ye me he despedido yo esta mañana.

–¿Por qué no dejamos tranquila a Betty Lou y nos retiramos a tu despacho? –sugirió Lane.

–Preferiría no hacerlo –contestó Ryder. Pero siguió a sus hermanos por el pasillo.

–Sabes por qué estamos aquí, ¿verdad? –preguntó Jaron cuando entraron en el estudio.

–Sí, habéis venido a echarme la bronca por haber roto con Summer –Ryder se sentó en el sillón detrás del escritorio–. Pero no esperaba que llegarais todos a la vez.

–Si contestaras nuestras llamadas, no tendríamos que haber venido –intervino Sam, que acababa de sentarse en el sofá de cuero.

Por suerte, el despacho era lo bastante grande para que la decoradora hubiera incluido un sofá, así como dos sillones delante del escritorio. O quizá en ese caso no era ninguna suerte, pues sus hermanos tenían sitio de sobra para sentarse cómodamente mientras le contaban lo equivocado que estaba.

Los miró de hito en hito y movió la cabeza.

–Agradezco vuestro interés, pero no hay razón para preocuparse. Estaré bien.

–No digas tonterías –intervino Jaron–. Recuerda que Nate y yo estábamos allí. Vimos cómo te afectó ese incidente.

–Aquel bastardo arrogante no te dejó elección –añadió Nate–. Empezó él y tú lo único que hiciste fue terminarlo. Solo defendiste a Summer.

–Sí, y cualquiera de nosotros habría hecho lo mismo –asintió Sam–. Si un hijo de perra tocara a Bria, yo seguramente le haría mucho más que romperle un par de dientes.

–Un hombre de verdad no trata así a una mujer –T. J. movió la cabeza–. Ese idiota necesitaba una lección.

–Sí, pero yo habría dado algo por no tener que ser el profesor –repuso Ryder.

–¿Cómo te sientes con lo que pasó? –preguntó Lane.

Ryder lo miró de hito en hito.

–Guarda tu título de psicología. No necesito análisis, estaré bien.

–Créeme, tú no estarás bien hasta que hayas hablado del tema con Summer –le advirtió Sam–. Yo aprendí mi lección del modo más duro. No seas como yo, no esperes hasta que casi sea demasiado tarde y estés a punto de perderla.

Ryder miró a su hermano. El orgullo terco de Sam casi le había costado su matrimonio y perder a Bria, y hasta que Sam no resultó herido en un accidente, no despertó y se dio cuenta de lo mucho que tenía que perder. Pero Summer y él no estaban casados y sería más fácil para él hacer lo correcto y alejarse de ella en ese momento que luego más adelante. No podía soportar hablarle de su pasado y ver la desilusión en sus ojos azules cuando se diera cuenta de que no era el hombre que ella creía.

Lane lo miró a los ojos.

–Pregúntate cuál habría sido el resultado si no hubieras intervenido las dos veces. ¿Habrías podido vivir contigo mismo si no hubieras hecho nada y hubieras dejado que Pete matara a golpes a su esposa? ¿Habrías podido ver a Marx maltratar a Summer y no hacer nada para impedirlo? –miró el reloj y se incorporó–. Lo siento pero tengo una cita –miró a los demás–. Y creo que ya le hemos dado a Ryder algunas cosas en las que pensar.

Ryder los vio salir de su despacho e hizo una mueca. Sus hermanos no se andaban por las ramas y, en realidad, todos eran siempre sinceros entre ellos.

Pero sus hermanos no sabían que Summer creía que él era lo que no era. Estaba convencida de que era incapaz de hacer daño a nadie y él sentía náuseas al pensar que tuviera que descubrir la verdad.

Como no podía quedarse quieto, salió del despacho y fue al establo a ensillar el caballo bayo. Cuando salió del rancho y cabalgó hacia el cañón, estaba seguro de que había hecho lo mejor para Summer. La quería demasiado para cargarla con sus errores de juventud… y con un pasado que no podía borrar.

Varias horas después de que sus hermanos se fueran del rancho, Ryder estaba sentado debajo del álamo y miraba cómo la brisa formaba ondas en el arroyo mientras intentaba pensar qué iba a hacer con su vida. No podía volver a los rodeos. Antes o después coincidiría con Summer en alguno y lo mataría verla con otro hombre. Ella era demasiado guapa e inteligente para que no acabara teniendo una cola de hombres dispuestos a conquistarla.

Sumido en su infortunio, tardó un momento en darse cuenta de que se acercaba alguien a caballo. Se levantó.

–¿Qué haces aquí? –preguntó, no muy seguro de no estar soñando.

La expresión decidida de Summer indicaba que estaba enfadada.

–Me debes una explicación y no pienso irme hasta que la consiga –respondió.

Desmontó de un salto y se colocó delante de él.

–No sé lo que crees que tengo que explicarte –dijo.

Era mentira. Sabía muy bien lo que ella quería saber, pero no le gustaría oírlo.

–No digas tonterías, vaquero –ella puso los brazos en jarras–. Pensaba que los amigos no se mentían.

Ryder respiró hondo.

–Lo siento, querida, pero creo que ya no puedo seguir siendo tu amigo.

Ella achicó los ojos.

–¿Por qué no?

–Creo que eso ya lo sabes.

Ella alzó la barbilla en el aire con terquedad.

–Yo solo sé que éramos amigos y ahora parece que eso se ha terminado. Quiero saber por qué has terminado nuestra amistad. Me debes eso.

Ryder volvió a sentarse en la base del árbol.

–Cruzamos una línea; hicimos el amor. No puedo volver a verte todos los días y no poder hacer el amor contigo.

–¿Y quién ha dicho que tengas que hacer eso?

–El trato era que haríamos el amor hasta que te quedaras embarazada.

–Es cierto, pero eso era antes –ella se encogió de hombros.

–¿Antes de qué?

La expresión de ella se suavizó.

–Antes de que nos enamoráramos.

Ryder la miró atónito.

–¿Crees que estamos enamorados?

–Sí, lo creo. Y he venido para averiguar por qué quieres tirar por la borda lo que compartimos juntos.

Él cerró los ojos.

–Summer, yo no soy lo bastante bueno para ti

–dijo–. No soy lo bastante bueno para ninguna mujer.

Ella negó con la cabeza.

–Eso es una tontería. Eres el hombre más sincero y más de fiar que he conocido nunca.

–No, no lo soy –él respiró hondo–. No he sido sincero contigo. Tengo un pasado que no te he contado. Y es mejor que no sepas lo que hice.

Ella lo miró a los ojos.

–¿Por qué no me lo cuentas y dejas que eso lo decida yo?

Ryder sintió un nudo en el estómago. Estaba a punto de ver cómo la confianza de ella se convertía en repulsión. Pero era el único modo de convencerla de que estaría mejor sin él en su vida.

–Sabes que fui dado en acogida y que acabé en el rancho Última Oportunidad –tragó saliva con fuerza–. ¿De verdad quieres saber por qué me enviaron allí?

–Si eso explica por qué crees que no eres lo bastante bueno para tener una relación conmigo cuando los dos sabemos que estamos enamorados, sí.

–Maté a un hombre. No era mi intención, pero lo hice.

El respingo de ella hizo que Ryder se sintiera como si acabaran de arrancarle un trozo de alma.

–¡Dios mío! ¿Qué ocurrió? –preguntó Summer.

Ryder le contó que su padre adoptivo tenía la costumbre de beber y golpear a su esposa.

–Fue a pegarle y yo me interpuse entre ambos. Me lanzó un puñetazo a mí y, como estaba borracho, se tambaleaba y cayó hacia atrás cuando le di un puñetazo en la barbilla –Ryder respiró hondo–. Se golpeó la cabeza en la encimera de la cocina y cuando quise darme cuenta, estaba muerto y a mí me llevaban a la cárcel acusado de homicidio involuntario.

–Por eso reaccionaste de ese modo después del puñetazo a Chip Marx, ¿verdad?

–Sí, eso me trajo muchos malos recuerdos.

–¡Oh, Ryder! Siento muchísimo que tuvieras que pasar por eso –ella se arrodilló a su lado y lo abrazó–. Pero eres muy duro contigo mismo. El altercado con Marx no fue culpa tuya y con tu padre adoptivo tampoco. Las dos veces te estabas defendiendo.

–¿No te preocupa que muriera un hombre por mi causa? –preguntó él, incapaz de creer que ella pudiera aceptar lo que había hecho.

–Me preocupa que ocurriera, pero no por el motivo que tú piensas –ella le puso las manos en las mejillas–. Me preocupa que ese hombre intentara pegarte y que a causa de eso te quedara la sensación de que hiciste algo terrible.

Lo besó con ternura.

–Fue trágico que muriera, pero fue un accidente. Es pasado y no puedes hacer nada para cambiarlo. ¿No crees que ya te has castigado bastante?

Ryder la estrechó contra sí y sintió una gota de humedad que le bajaba por la mejilla.

–No puedo olvidar lo que pasó.

Summer lo abrazó con más fuerza.

–Yo no digo que lo olvides, digo que no hiciste nada malo y que es hora de que dejes de culparte por los actos de otras personas. Tienes que perdonarte a ti mismo por un accidente que no dependía de tu control.

Ryder se sintió libre por primera vez en años. No era responsable de los actos de otras personas, y aunque sentía lo que había ocurrido tantos años atrás, Summer tenía razón. Tenía que mirar hacia delante y no pasarse la vida lamentando el pasado.

–¿Hablabas en serio? –preguntó.

Summer pareció confusa.

–¿Qué?

–Has dicho que estábamos enamorados. ¿De verdad me quieres?

Ella sonrió.

–Por supuesto. Te quiero con toda mi alma. Eres mi mejor amigo y el amor de mi vida. Eso es otra cosa que tienes que aceptar porque no cambiará nunca.

Ryder sintió un nudo en la garganta.

–¡Gracias a Dios! Yo te quiero más que a mi vida.

La besó hasta que pensó que ambos se iban a desmayar por falta de oxígeno.

–¿Quieres casarte conmigo? –preguntó–. Quiero ser el hombre con el que te acuestes todas las noches y te levantes todas las mañanas. Mi familia será la tuya y empezaremos una propia –sonrió–. Te doy mi palabra de que nunca volverás a estar sola, yo estaré a tu lado hasta el día en que me muera.

Para alivio suyo, ella no vaciló ni un momento.

–Sí –sonrió con dulzura–. Pero hay algo que tengo que decirte, vaquero.

–¿Qué?

–Me encanta ser parte de una familia grande –suspiró–. Y quiero que sepas que tenías razón en lo de esos nadadores.

Ryder frunció el ceño.

–¿De qué estás hablando?

–Vamos a tener un hijo.

A Ryder le dio un vuelco el corazón.

–¿Estás embarazada?

–Sí.

Él sonrió. Se levantó y le dio la mano para ayudarla a incorporarse.

–Vamos a la casa. Tenemos que hacer unas cuantas llamadas.

–¿A tus hermanos?

Ryder se echó a reír.

–No recuerdo cuándo fue la última vez que supe algo sobre mí que no supieran ellos antes.

Epílogo

–Te digo que serán las dos niñas, Jason –insistió Mariah, la hermana de Bria.

Jaron negó con la cabeza.

–Y yo te digo que serán niños.

Ryder estaba con sus hermanos, viendo a Mariah y Jaron debatir el sexo de los bebés que esperaban Summer y Bria.

–¿Creéis que se les ha pasado por la cabeza que puedan ser uno de cada? –preguntó.

Sam se encogió de hombros y tomó un trago de cerveza de la botella que tenía en la mano.

–Lo dudo. Y creo que no les importa nada que sean niños o niñas. Simplemente les gusta discutir.

–¿Quién es el siguiente? –preguntó T. J. con una sonrisa.

–¿El siguiente para qué? –preguntó Nate, distraído.

Miraba a una pelirroja que estaba en la pista de baile y a Ryder le alegraba ver que su hermano había olvidado por fin a la enfermera de Waco y seguía con su vida.

–El siguiente en casarse, genio –replicó T.J.

–Yo apuesto por ti y tu vecina, T. J. –intervino Lane.

–Ya te he dicho que no quiero tener nada que

ver con ella –T. J. movió la cabeza negando –. Sigue dejando que su semental salte la valla y monte a mis yeguas.

Ryder buscó con la vista a su esposa entre la gente. Cuando la vio tan hermosa con un vestido de novia blanco, contuvo el aliento.

–Puede que seas tú, Lane –dijo, mirando el reloj. Una hora más y podría abandonar la recepción con su esposa para dar comienzo a la luna de miel.

–Casarme no entra en mis planes –respondió su hermano–. El rancho que gané el mes pasado en la partida de póquer de Shreveport son las únicas raíces que pienso echar.

–Mientras vosotros habláis de quién va a ser el próximo que se una a Sam y a mí en el gremio de los casados, yo voy a bailar con mi esposa –anunció Ryder.

Cuando se acercó a Summer, la sonrisa de ella le hizo desear que estuvieran ya en la isla del Caribe en la que iban a pasar la luna de miel.

–¿Me concedes este baile, querida?

Ella se agarró de su brazo.

–Este y todos los bailes del resto de mi vida.

–Eso me parece muy buena idea –murmuró él. La tomó en sus brazos y ella apoyó la cabeza en su pecho–. ¿Eres feliz, Summer?

–Muy feliz –ella lo miró a los ojos–. Tú has hecho que se cumplan todos mis sueños.

–Y tú todos los míos –murmuró él–. Menos uno. Aunque estás guapísima con ese vestido, llevo ya un rato largo soñando con quitártelo.

Summer se estremeció a su lado.

–Yo también he soñado con que hagas eso –lo besó con ternura–. Te amo, vaquero.

–Y yo a ti, querida.

La tomó de la mano y echó a andar hacia la puerta con ella.

–Ahora vámonos a un lugar más íntimo y veré lo que puedo hacer para cumplir los sueños de ambos.